No fundo do oceano, os animais invisíveis

NO FUNDO DO OCEANO,

Anita Deak

OS ANIMAIS INVISÍVEIS

REFORMATÓRIO

Agradeço ao Leo Lama,
que fez as sugestões
mais profundas, atentas e amorosas
que um autor poderia pedir.

Para Thiago Butignon Claramunt

Vim para dar-te notícias deste mundo,
sombra amiga, e eis que meus companheiros
se deitam e se levantam ensanguentados
como o sol. Já não acertam chamar-te
com teu nome terrestre, pois seus lábios estão
mais lívidos que o sangue dos mortos.

Corre entre o ar e o homem
uma cantiga urdida de sortilégios:
em cada coisa vivente a destruição começou.
Vim para dar-te notícias, e eis que minha
voz reboa com tais dimensões desconhecidas
que me parece um pássaro de espanto.

Jorge de Lima, em *Anunciação e encontro de Mira-Celi*

Prelúdio

Mata. A luz escala as árvores, alcança o alto das copas e, de lá, se lança sobre o corpo da ave e se esconde na dobradura de suas penas. A luz não vai só. Ao subir as árvores, leva o caititu, o mutum, de forma que no corpo da ave, dentro da luz escondida, estão as almas dos animais da floresta, devolvidas aos seus corpos apenas nas primeiras horas do dia.

O que sobra na floresta quando a luz esconde no céu os animais? Preciso que desçam logo as primeiras luzes do dia para que calem esse verde afiado, esses murmúrios, sempre esses murmúrios, mesmo as mãos nos ouvidos esses murmúrios, preciso ficar calado apesar dos gritos no centro de tudo, sentindo o cheiro da terra molhada e o frio subindo pelas gretas e a respiração dos bichos que passam e não me comem porque saciaram a fome em quem lhes renda mais que a minha pele amarela e fugitiva.

De que adianta pensar, se basta apenas um ser que não pensa e apenas sente passar aqui com fome pra me arrebentar nos dentes, e a alma dele lá em cima longe para que não se lembre, a resguardar na pena da ave a culpa?

E eu e esses anos todos? E esses pensamentos, de que me valem? Se a voragem pulsa antes, de que me valem? Eu queria tanto dormir, meu Deus, me ajude, queria sonhar com Ordem e progresso, com minha mãe, meu pai, com Ernesto, com qualquer coisa ah-lém dessa escuridão enlameada.

Saí do ventre de minha mãe para uma festa de três dias, a fazenda enfeitada de bandeirolas coloridas, os seresteiros da região, a miss, o padre, o governador, o juiz, os vaqueiros de meu pai, menos as prostitutas, elas não, era momento de celebrar a família e o amor e, enquanto minha mãe paria, meu pai, no curral, prestava-se a uma homenagem rendida pelos avôs. Quando um homem nasce na família Naves, a terra cobra a morte do bicho mais arisco e não se pode matar como sempre: o animal deve perceber.

Muitos anos depois, com uma ponto 20 apontada pra têmpora, sob os murmúrios verdes afiados, entendo como se sentiu o boi e aceito que morrerei ali, no meio da mata, como dívida hereditária à terra.

Às vezes, demora a vida para descobrir o que se herda.

* * *

Preste atenção na contagem, sente o cheiro, você sabe que um animal está doente pelo cheiro. Era o que meu pai falava, quando em minha infância percorríamos o pasto, e se eu o interrompia, ele levantava a sobrancelha direita e a palma da mão, continuava até completar as frases, as mesmas todos os dias. Repetidas, deixavam pra trás seus significados, tornavam-se vibrações que eu concatenava às folhas, ao riacho. Às vezes eu andava devagar na tentativa de que as palavras de meu pai se sobrepusessem a outras paisagens.

Então professor Belisário me ensinou o fonema, a menor unidade sonora de uma língua, e passei a contar: cheiro: seis letras, cinco fonemas, rearranjadas as palavras em sons, depois em números estocados na cabeça. Na volta do gado, trepado na porteira, eu falava alto dois, três, cinco, fingia contar os animais e meu pai sorria, mas aos animais não é preciso fingir, aos animais estabelecemos nós o que lhes passa, vão de cima a baixo de acordo com os caprichos de quem erige as cercas e lhes coloca perto da boca o que comer, e a eles escolhemos como vivem e morrem sem saber por que vieram ou se estiveram aqui.

A morte do animal é a morte da palavra.

Eu gostava de escolher o que morreria, sobretudo as galinhas. Minhas irmãs corriam pelo poleiro e eu apontava uma gorda, uma magra, a depender do humor de minha mãe; se ela estivesse feliz, não se daria conta de que eu havia escolhido uma magra; se estivesse triste, escolhia uma gorda para que mamãe comesse mais e durasse menos sabe-se lá o que sentia dentro.

Em Ordem e progresso, sofrer era desvio de caráter, então eu percebia a tristeza de minha mãe quando, descascando cebolas, ela cortava um dedo ou, sentada nos degraus da entrada de casa, lançava o olhar turvo no horizonte. Só percebia a tristeza dela de longe; se me aproximava, ela saía andando pela casa para deixar a amargura um passo atrás. De quarto em quarto, acordava todos às quatro da manhã para trabalhar, abria as cortinas, não feche a cara, só fecha a cara quem se acha especial e aqui não tem ninguém especial, Pedro.

O sol bate no cutelo, cospe sangue no chão. A galinha

degolada escapa, não posso piscar, se piscar não verei o que há na cabeça dela, em minhas mãos. Nos bichos pequenos a gente perde o que deve ver; nos grandes, vê-se ainda menos do que se poderia. Eu acreditava nisso, até Padre Neto me afirmar que os animais não têm alma.

* * *

Padre Neto gostava de falar numa língua que ninguém entendia, *ab ovo*, *ab ovo*, a rosácea no rosto a cabeça pontuda. No fim da missa, nos convidava para ouvir seus dois canários vermelhos. Sentávamos na mesa da cozinha e, da gaiola presa ao teto, os pássaros cantavam. Parece a *Ave Maria*, sim, estou treinando eles, quanto tempo vive um canário?, dez anos, esses têm quantos?, falta um mês para completarem dez, mas assim que morrerem arrumo outros.

Quando minhas irmãs desejavam agradar meu pai, iam à igreja, papai, estivemos na igreja, deviam ter levado seu irmão, minha mãe intervinha. Ir aos domingos é o suficiente, mas, Altamir, é tão bonito ter um padre na família! Longe de papai, ela me entregava bíblias e terços, dizia que eu teria dúzias e dúzias de canários vermelhos, o coral mais maravilhoso de Ordem e progresso e, por isso, eu jamais faltava à missa.

As frases da Bíblia eram difíceis, eu perguntava à minha mãe o que significavam e ela não sabia dizer, eram palavras de Deus e ninguém precisa saber tudo, Deus é quem sabe de tudo, a nós basta aceitar. Em frente ao espelho, eu criava sermões misturando bois ao Espírito Santo, mato, galinhas e pássaros. Reescrevia a Bíblia quando a velha índia apareceu em nossa casa com a menina Anahí.

Um dos meus livros escolares ensinava que o país tinha sido descoberto em 1500, mas Belisário havia me questionado se antes não vivia ninguém no país. Perguntei ao meu pai, e ele respondeu que antes de 1500 ninguém morava aqui, só os índios. Ainda assim, me espantei quando vi a velha índia e Anahí chegarem à fazenda, usando colares feitos de sementes e com penas nas pontas. Seus cabelos muito lisos desciam em direção à terra. Tinham vindo de longe a pedido de minha mãe.

Assim que meu pai saía de casa, as duas apareciam na cozinha para misturar ervas e raízes em panelas de barro. A língua portuguesa deixou de me interessar por um tempo, Belisário ensinava os pronomes e eu só conseguia prestar atenção nos cânticos, no cheiro da alfazema. Na hora do almoço, as duas se recolhiam, minha mãe mudava de roupa, servia meu pai. Ele comia devagar, queria conversa, eu torcia para que não se demorasse, pensava no que as índias estavam fazendo e por que minha mãe se vestia de branco quando junto a elas.

O sol aponta no curral e saímos eu, minha mãe e as índias para a construção de tapume no limite da fazenda. A menina Anahí me empurra pro centro, ela deve ter treze anos no corpo, os olhos acabam de nascer. Pergunto à minha mãe por que do passeio, para quê; ela, com um defumador, observa a velha índia e o move rente aos meus braços, passa unguento em minha testa, manda eu me sentar.

Mamãe se desfaz da saia, da anágua branca, deita-se nua no solo vermelho. Preciso sair daqui, vigiar se não vem alguém, mas não posso nada ante os olhos-foice de Anahí. A velha índia esfrega ervas no ventre de minha mãe.

Quando voltamos para casa, fiquei doze dias mudo. As índias nunca mais visitaram nossa terra, perguntei por elas e minha mãe não deixou que eu me estendesse. Apenas me olhou como se as coisas fossem certas, como se enfim ela tivesse consertado o que havia errado em nós.

* * *

De que forma a infância existe? O que é preciso matar para reviver os bois e as galinhas, meu pai e minha mãe, Lina e Letícia?

Por exemplo: eu me lembro de uma cobra. A caminho do abatedouro, ia chamar meu pai, só atinei no bicho a dois passos. Respirava manso. Começou a chover, berrante longe, mugido, bermuda ensopando, uma gota escorrendo da virilha à terra quente. Eu e a cobra cortando tempo. Gotas de chuva escorriam pelos meus dedos, meus dedos caíram em frente às narinas da cobra. Caíram como se nunca tivessem pertencido a mim, mas a ela, como se tivessem sido meus dedos apenas temporariamente.

O pesadelo se repetiu muitas vezes na minha infância. Minha irmã Lina conta que eu sonhava com a cobra todos os dias. Ela me acordava, me limpava e me colocava para dormir novamente. Quando saí do berço e ganhei uma cama, os sonhos se intensificaram, eu acordava, chamava Lina e pedia para dormir com ela porque Lina e sua cama tinham um cheiro de madeira recém-cortada e lá a cobra nunca aparecia.

    Eu e o pai matamos muitas cobras no pasto. Não me recordo se senti medo na primeira vez em que vi um réptil de verdade. Gravei apenas a cobra dos pesadelos, essa ganhou matéria e memória. Talvez apenas aquilo que transpõe o acontecido seja digno de lembrança. Chego à conclusão de que a infância não é o que me aconteceu: a infância é um decalque, um grifo, uma coleção aleatória de cobras.

* * *

Anahí foi embora, mas sua mão ficou em mim, e eu não tinha idade para entender a consequência, só sentia o peso de Anahí em minha face, o rosto de Anahí entre mim e mamãe, nós dois sabíamos que havia qualquer gesto, a matéria etérea de Anahí. Passei a inventar lendas indígenas, preenchia cadernos com histórias que ela teria vivido, a menina se misturava às forças da natureza, Anahí-pedra, Anahí-pássaro, Anahí-canto da morte.

    Possuía dela as poucas semanas em que a menina e a velha índia haviam passado conosco, movimento, cheiro de erva. Buscava Anahí como se ansiar por ela fosse minha resposta à rotina com o gado; depois de desejá-la, as frases de meu pai fariam sentido, eu ganharia lugar com os bichos, teria centro. O desejo por Anahí me encaixaria no mundo, mas, quanto mais eu tentava, mais me distanciava dela.

Desenhei seu rosto e o coloquei ao lado do travesseiro, dizia a ela, antes de dormir: vamos nos encontrar de novo e viver juntos, queria que ela me segurasse como havia feito na construção, apenas presença a evitar que eu caísse e cedesse à terra. Dormia com o desenho de Anahí, sonhava com meu pai. Sucumbia a uma lembrança antiga, ele e minha mãe rindo baixo, a porta do quarto entreaberta, meu pai subindo a saia e o olhar de soslaio pela fresta, passos delicados dela em minha direção, silêncio, fecha a porta.

Durante o dia, eu imaginava Anahí no lugar de minha mãe. Reconstruía seu corpo, subia sua saia, mas desaparecíamos no ato, eu e ela, não havia nada que eu pudesse, a boca de minha mãe não se transformava na dela nem a de meu pai na minha. A imagem me conduzia ao não, e eu sentia saudade da Anahí--pedra, da Anahí-pássaro, da Anahí-canto da morte.

Quando as índias foram embora, o ventre de minha mãe se alargou. Meu pai matou os melhores bois para ela comer, minhas irmãs fizeram arroz doce, rosca de goiaba. Ela conseguiu me tornar coroinha, eu olhava sua barriga lá do altar e pensava na lua crescente e em Maria. Mamãe assistia o Padre Neto me ensinar, afagava a barriga quando eu respondia uma pergunta corretamente, olhava para o próprio umbigo e dizia ao meu irmão que eu o casaria um dia, com uma batina toda bordada de dourado, naquela igreja mesmo.

O que me ficou de Anahí era dolorido: deixei que se diluísse. Passei a estudar a Bíblia e suas frases corretas, me esforcei no pasto para meu pai não me arrancar da igreja. Desenhava Jesus,

Maria, os reis magos, e arrematava as imagens com um colar de sementes escondido na túnica ou uma pena de pássaro entre as mechas de cabelo.

* * *

Ordem e progresso e sua linguagem clandestina. Havia dias em que mandava o sol, dias em que mandava a terra, meus preferidos eram os de água: da sede ao sono tudo se liquefazia. Eu, Lina e Letícia íamos ao rio das sêdes, nosso corpo diminuía, só aumentávamos de tamanho quando, em apneia, ficávamos os três de mãos dadas até a respiração estourar e subirmos à tona. Dentro do rio, a pele a textura da correnteza. Pesávamos menos, embrulhávamos nossos gritos em bolhas, éramos morno, frio, quente, e Iara, a sereia de água doce, nadava em nossos tímpanos.

Nos dias de sol colocávamos baldes no pasto e despejávamos o material invisível sobre nossas cabeças. Eram raios, não precisávamos ver para sentir, eu, Lina e Letícia, sementes de Ordem e progresso, cresceríamos se respeitássemos o ritmo natural das coisas. O sol ardia a grama em vermelho rente à nossa janela, acordávamos e cumpríamos o ritual: sete baldes espalhados pela fazenda, sete minutos para que enchessem, setenta orações que eu impunha às minhas irmãs para que elas pudessem entrar no céu comigo algum dia. Precisávamos nos purificar para que isso acontecesse.

Quando a terra coordenava o dia, arrastávamos pela casa poros e ossos, a gravidade a nos costurar ao chão. Está pesando muito hoje?, minhas irmãs faziam que sim com a cabeça, mas enquanto eu precisava de toda força para dar um passo sequer, elas andavam leve-leves.

* * *

Estava em apneia no rio das sêdes quando senti o peso de um dos meninos contra a água. O equilíbrio se rompeu, eu, Lina e Letícia subimos para ver quem se apoderava de nosso espaço, era o João da Berne, chegado à fazenda há pouco. Minhas irmãs se retesaram, entravam na idade em que nada esconde a vergonha, fugiram antes mesmo de ouvirmos a Iara, e ficamos eu e João a sós.

Não me bastava a água. Eu precisava das minhas irmãs para que a correnteza fluísse e me desfizesse. Sem elas, a música se quebrava, o espaço, eu não era suficiente para manter a umidade, a água minha divisória, ao seu redor o solo, cérebro e coração de meus antepassados, quando a profundeza do rio me chamava, as leis da água me protegiam de todos os olhos.

Minhas irmãs não deram tempo. Não me permitiram rejeitar a intromissão com a anuência delas, podíamos, em coro, ter dito a João que fosse embora. Pensei em brigar pelo território, mas ele e suas braçadas, nenhum movimento seu pedia licença à água, sentei na margem e fingi olhar a outra borda.

O rio era brinquedo, a mão direita de João cortava o ar e se escondia, a cabeça vinha à superfície na boca aberta de um bagre para sumir novamente e dar mostra apenas da nuca. Cortava a mão esquerda o ar, sumia, João subjugava o rio com suas braçadas, pelos, seu corpo não ouviria a voz de Iara. Saí correndo atrás de minhas irmãs.

* * *

Para meu pai, se eu entendesse a engorda dos bichos e imprimisse em meus passos a dureza de seu pai, do pai de seu pai, se impostasse minha voz, se pisasse na terra como se meus pés a precedessem, então eu seria um Naves. Se cimentasse em cada vértebra da coluna o que nos era de direito e andasse ereto, pois assim deve andar um homem, estaria cumprindo o que deve um filho: a sina da continuidade; meu pai poderia morrer e eu respiraria de onde havia parado, faria das minhas mãos as dele, é para isso que se faz um filho – para continuar-se obliquamente, para permanecer, depois de morto, disfarçado no mundo.

Altamir Naves me preparava para a morte; quando visitávamos o pasto pelas manhãs, ele me dizia o que fazer, o que falar, buscava plantar em mim seus gestos, se ele tinha dado certo, que eu fizesse o mesmo, é a repetição que cria o sentido de pertencimento, o homem e a terra amigos, o homem e o animal apaziguados.

Quando ele falava, não havia quem o cortasse, na igreja, na venda, meu pai e suas palavras, bustos de cobre a sair da boca para emprenhar crianças, homens, mulheres, paredes, palavras-irmãs celebravam as suas, anuíam gestos, cabeças afirmativas, não se tocava em uma consoante ou vogal do que meu pai dizia.

Anos depois, percebo que a vida continua igual, só mudam os pastos. Pedir passagem é sinal de fraqueza, você precisa se colocar, plantar sua imagem até que ela vença a resistência da memória alheia. O que haveria se fôssemos ah-lém? Se deixássemos para lá? A chuva, chu-va, ela sempre cai uma hora pra revelar nossos amontoados úmidos de solidão.

* * *

Conta minha mãe que eu não quis abandonar seu útero. Foram doze horas de trabalho de parto, minhas tias com terços na mão até eu abrir passagem e dar adeus à minha primeira casa. Corpo compartilhado, os cabelos de minha mãe foram meus. Cultivo essa nostalgia, invento que o balançar de seu ventre me embalava, sem trauma, deve ter sido bom, mamãe como Maria de Jesus, e me rendo às palavras que ela pode ou não ter cantado antes que eu viesse ao mundo, as palavras dela as palavras de Deus, não há uma folha que caia sem que Ele tenha conhecimento nem se profere som sem que Ele o ouça, será que as palavras de meu pai emprenharam Deus também?

Foi a palavra que me voltou contra Deus, não a palavra de Deus, mas todas as outras que Belisário mostrou no dicionário. No início, as palavras eram pontes entre mim e meus pais, minhas irmãs. Eu acreditava no significado estático de cada palavra, circuito fechado compreendido por todos da mesma forma. No entanto, Belisário diz que a mesma palavra pode ter significados diferentes, dependendo de quem fala ou de quem ouve.

Se eu falo uma palavra e meu pai ouve diferente do que eu quis dizer, para onde vai a minha palavra?

Quando comecei a inventar histórias sobre Anahí, imaginei que um dia as contaria para ela. Eu diria a Anahí as palavras que escolhi, mas Anahí corria pela floresta com os pés nus, ela sabia trançar cestos com palmeira acuri e, na minha cabeça, existia por acaso uma palmeira, mas uma palmeira anêmica, não a palmeira dela, a minha, as imagens e as palavras separavam nossas experiências no mundo.

O que a palavra borda entre as pessoas é um fio. O cheiro, o significado de Anahí, nada disso está nas palavras. Os bois de meu pai nunca foram meus bois, a água que me corre o corpo não é a mesma que correu o corpo de João no rio das sêdes, e a palavra Deus pertence ao Padre Neto, à minha mãe e a mim de formas diversas que nossas rezas têm destinos diferentes.

Devo esse aprendizado ao corpo de Anahí. Querendo desejá-lo como meu pai desejava minha mãe, intuí que aquele corpo me pertencia de outra forma. Recriei minha compreensão da palavra e da imagem. Corpo: palavra. Imagem: pés nus que dançam sobre a terra. Trança: palavra. Olhos que foram embora e ficaram em mim: imagem. Corpo-imagem, imagem-corpo, não eu sobre Anahí ou minha palavra sobre a dela.

* * *

Meu irmão nasceu idêntico a mim. Tínhamos uma fotografia em branco e preto do meu batizado, passava de mão em mão.

Ernesto reprisava meu nariz, minha boca, mesmo seus olhos – que raramente se abriam – eram uma transcrição perfeita dos meus. Toda vez que olhava o meu retrato para então observar Ernesto, meu pai ficava mudo.

Ernesto chorava demais, minha mãe insistia para eu segurá-lo, ele dava um jeito de mijar, arrotar, vomitar em mim. Lina e Letícia riam, que lindo, então eu o devolvia a alguém, mas, com o passar dos meses, ele aprendeu a fechar a mão em volta do meu dedão, apertava e não permitia que ninguém nos separasse, tinha dias em que só saía do meu colo para se alimentar, depois estendia as mãos pra mim e eu andava de um lado a outro do quarto para que ele dormisse, não adianta, ele só dorme no seu colo, eu apoiava a cabeça dele perto da minha, meus cabelos com cheiro de leite azedo, meu dedão afinava em volta da pequena mão assertiva.

Ernesto me tirou do pasto e da igreja, se eu não estivesse por perto, ele não dormia. Certa vez, meu pai venceu a discussão com minha mãe e voltei a trabalhar pelas manhãs, então meu irmão queima de febre, Lina e Letícia correm até o pasto no terceiro dia para implorar a meu pai que me deixe ficar em casa. Eu vou ficar aqui trabalhando, meu pai e os bois precisam de mim, não sou mulher pra ficar cuidando de criança. Papai coloca a mão em meu ombro, bem, vocês ouviram seu irmão, mas a manhã se deforma depois que elas vão embora. Os bois estão inquietos.

Em casa, os vincos de mamãe; ela já não era a mesma que havia cuidado de mim, de Lina e de Letícia, com gestos precisos e delicados. Meu irmão nega seu peito ou, quando o pega, morde; dorme cinco minutos para depois acordá-la. As empregadas passam longe do quarto; minhas irmãs ali ficam para não quebrar o pacto familiar da resiliência, não podem falar que a culpa é de Ernesto, ele muda a ordem das coisas com apenas três quilos e meio e cinquenta centímetros de altura.

Chego perto dele, ela me olha com desgosto, quando eu preciso de você, você me dá as costas, verdade que você falou que não é mulher pra cuidar de criança? Então, vê se vira homem, Pedro.

É isso que eu falava sobre as palavras. Pode ser que lhe roubem uma palavra que era sua, mas essa é uma reflexão distanciada no tempo. Também somos paridos por meio da frase, da palavra que se fala e da que se cala, da palavra que se manda calar, do significado a impor limite à pele sintática até que se possa reduzir alguém a uma definição confortável. Para quem? Nasci-morri mil vezes nas palavras dos outros. Matei-pari tantos outros da mesma forma.

Uma vez alguém me disse que a palavra era uma tentativa de aniquilar o vazio, a distância entre duas pessoas, mas o vazio não deixa de existir apenas porque ninguém o suporta, você pode fingir a vida inteira que não existem lacunas, construir um mundo de palavras para disfarçá-las; no fundo, haverá uma pulsação estranha e, se tiver sorte, alguém um dia dirá as palavras certas, elas trarão os significados, você ouvirá e terá acesso a uma brecha. Vê se vira homem.

No meio do confronto mudo, Ernesto estende os bracinhos pra mim. Seu corpo pulsa no berço. Colho meu irmão e saio correndo, chove, abrigo Ernesto sob a cruz de meus braços, lembro do sonho com a cobra e o aperto, recordo da cama de Lina, os cabelos de Letícia no rio das sêdes e os olhos de Anahí, meus pés me levam ah-lém do limite da fazenda. Ultrapasso a porteira e sinto a proteção da caipora e de seus pés virados.

* * *

O habitante mais antigo de Ordem e progresso era uma samaúma. Morreu quando fundaram a cidade, aproveitaram somente dois metros por um da madeira para fazer uma placa com o nome da localidade em alto relevo, o resto da árvore cortada e calcinada semanas a fio na grande fogueira da inauguração. Os antigos acusavam-na de sequestrar toda a umidade da nossa terra, e cada machadada abriu um veio d'água, e eles, fugindo da morte do tronco em direção aos subterrâneos, formaram em sete dias o rio das sêdes.

Árvore do pranto, árvore do rio, dei com ela ao fugir com Ernesto. Muito antes de mim e ele, ao ser calcinada, ela havia expulsado suas águas para viver um tempo longe dos olhos humanos até se levantar da terra e ganhar força entre pedras escondidas no mato, lambendo caminho para desembocar no descampado quintal de casa pra alegria dos meus antepassados, que matar a sede ao gado e às verduras era preocupação naqueles idos, quando apenas os dias de sol regiam a cidade e Ordem e progresso era um vir a ser profetizado numa placa.

Mas se a árvore tinha sido, o que era então à minha frente?, metros de gretas retorcidas ensombreciam a mim e a Ernesto, não havia mais sol ao redor, perto nem barulho entrava, nem vento, a samaúma deserta suas entranhas, meu pai a alguns metros, em cima do cavalo, tentava trespassar e nada, sobre as duas patas dianteiras o animal relinchava, eu não ouvia, a samaúma em silêncio a me convidar para uma fresta.

A cabeça de Ernesto recostada em meu peito, bordado na camisa um olho passa por mim e por ele e nos leva adiante, enterrados estamos no ventre da árvore, é onde me sento para raspar com as unhas a resina das artérias abertas, desejando que Ernesto deixe de me alcançar como uma passagem no tempo.

Quando o vi pela primeira vez, tive impressão de que eu sumiria aos poucos, ele uma segunda chance da natureza para anular minhas pernas, diminuiriam elas enquanto as dele crescessem, corri para o pasto no dia de seu nascimento, me escondi no fundo do rio, não passava perto do quarto de mamãe, ela chamava, sua voz entrava no topo da cabeça e me descia aos pés em gritos alegres, ela queria muito que eu fosse feliz na presença de Ernesto.

Quando o menino vingar, proteja a moleira dele até que ela se feche, disse a velha índia à minha mãe, com a moleira mole ele está aqui e lá, talvez o lá seja esse dentro da samaúma para o qual ele me arrasta, olhos acesos, a mão enrijecida em volta do meu dedão, as pupilas dilatadas, estranho pouso certeiro e facilidade em demarcar espaço, tem gente que é assim, apenas é, será que Ernesto conservou isso com os anos?

Fecho os olhos para ouvir sua respiração, não consigo. Levo meu indicador abaixo de seu nariz e um sopro tênue ganha o mundo e volta para dentro do meu irmão, cravado na jugular do espaço, Naves, Homem, ele volta a dormir. Abro a casca da samaúma na ponta das unhas, experimento a resina de fome, sede, uma borboleta amarela pousa em meu ombro direito, ela tem dois corações nas asas. Plana em meu punho o calor das patas, a samaúma é um campo coberto por elas, mais numerosas do que as cabeças de gado de meu pai.

O ar cheira a início, sem chuva e doença, a greta da árvore se abre. Quero voltar, os pés tomam a direção contrária do corpo, as borboletas se fecham à minha volta e caio num túnel, encostando os braços em vertigens d'água. Estou sentando entre hastes de grama azul e sementes, afundo meus dedos na terra doce para cheirá-las, mas há uma mão em meu ombro direito que anuncia o gesto de meu pai quando minhas irmãs foram atrás de mim no pasto. Olho para trás e não é ele, é Anahí.

Ela senta-se à minha frente com as pernas cruzadas e tira, um a um, os dedos de sua mão direita, sem dor-espanto. Coloca-os numa caixa e pede emprestado os meus. Os dedos da minha mão são de Anahí, e ela toca a penugem de suas pernas, revestimento fino de canário, afaga o lóbulo da orelha, a ponta do seio esquerdo, apalpa a curva do ventre e somos dois ou três ou tantos.

Meus dedos voltam. Toco as asas das borboletas, e elas me sobem ao útero da samaúma, as labaredas passam por mim e Ernesto até se apagarem, somos duas pequenas toras cortadas pelo punho dos homens, ardemos na fogueira, descemos aos subterrâneos, viramos água, acordo em lençóis muito brancos do hospital, ao meu lado, minhas irmãs, meu pai e minha mãe – com Ernesto nos braços. Um bolo de banana enfeita a cabeceira.

* * *

Todas as histórias de amor são tristes porque nunca foram histórias de amor. Minha mãe e Ernesto, papai olhando para os lados, minhas irmãs observando a expressão deles, indecisas entre o cuidado e a desconfiança. Mamãe me estendeu um prato de bolo, coma, mas eu não tinha fome. Olhei para meu pai como se não o visse há muitos anos, ele me negava o contato, mas estava ali, os ombros como atravessados por um cabide, de ponta a ponta, ao lado dos seus como um Naves deve ficar a despeito das circunstâncias.

Sinto um enjoo disperso. Há um menino cego de nascença na maca ao lado, ele grita pela mãe o tempo todo, mãe, mãe, como seria nunca ter enxergado a minha família?

Todas as histórias de amor são tristes porque o amor é uma história duvidosa. O que conto a respeito de meu pai, de minhas irmãs, a não ser o que posso? Qual o tamanho deles? É da medida que nasce a memória? Da pele contra o mundo, da vontade de se decalcar na imprecisão das coisas? Lembro do bolo de mamãe como se fosse ontem, evoco as brincadeiras com minhas irmãs, a textura couro do boi e as palavras de meu pai durante nossas rondas diárias.

Nada me estava disponível, meu estômago ardia, minha família no sofá quadriculado, à frente da maca. Eram bonitos juntos, os cinco.

* * *

Acordei e os lençóis eram amarelo-claros. O teto, os livros, os móveis. Fui até a janela observar a cor do pasto, o verde sempre me pôs os pés no chão, campo comum entre mim e a propriedade fixa das coisas. Não havia verde, apenas branco e amarelo-claro. Eu também tinha unhas grandes. Meus pés haviam diminuído, refazendo-se em curvas delicadas. Toquei para sentir o que via; se o menino cego chamava a mãe com a boca, eu chamaria meu corpo com as mãos, pois os olhos não são confiáveis como se imagina, basta que um dia se acorde e tudo esteja amarelo-claro, pequenas escamas de queratina. Minha mãe entrou no quarto e estendi as mãos, olhe, tenho garras, mas ela não viu. Mediu minha temperatura, subiu o cobertor à altura de meus ombros, olhos brancos e amarelos, e foi embora. Pedi que me trouxesse Ernesto.

Meus cabelos amarelos ganhavam centímetros cada vez que os tocava, eram maiores que os de Anahí, ameaçavam fundir-se ao chão e me puxar para baixo, para me enterrar no ventre claro da terra. Eu cavoucava o couro cabeludo apalpando as raízes, os poros abriam-se e deles vertia a resina da samaúma. O líquido escorria dos meus braços.

Do meu corpo fraturado rebentava outro, mãe, me traga Ernesto, ela parecia não ouvir, penteei meus cabelos e os estendi num tapete em direção à porta, assim ela e minhas irmãs não poderiam entrar sem que neles pisassem, olhem, meus cabelos são maiores que o das índias, é preciso chamar um médico, dizia minha mãe.

Então eu ficava sozinho. Divisava, no espelho, o contorno do corpo, forçava os olhos para entender a imagem, onde ela terminava e dava lugar à superfície. Um dia tirei a roupa e me observei atentamente, minha mãe entrou no quarto e começou a chorar, me jogou uma manta e apagou meu reflexo sutil.

Diluído, resolvi visitar a noite, era quando não me vigiavam. Pousei meus olhos ah-lém da janela e descobri que, quando o sol caía, o amarelo dava lugar ao roxo. A imensidão do pasto tornava-se roxa e branca. Toquei o couro dos bois e a relva fresca, deitei ao lado do manacá da serra, próximo ao abatedouro, e o cheiro do sangue se misturou ao perfume das flores e do vento. Estive ali por muito tempo, hoje me parece que foram décadas, naquele jeito novo de estar em que não se conta tanto o decorrer das horas. Uma roda de bois me serviu de abrigo, deitei na grama e adormeci chamando pela Iara e por Anahí; em sonho elas se misturavam.

O médico perguntou se eu sentia dores. Respondi que sentia paz e amarelo e branco e roxo. Todos agora tinham belos olhos amarelos e a pele branca como a dos anjos do Padre Neto, eu só não havia visto meu pai ainda, seria meu pai quando o visse?, seria ele sem a pele curtida do sol e os olhos negros? É coisa da cabeça, e dessas coisas a medicina não se encarrega. Mas eu preciso fazer alguma coisa, doutor, não existe alguém que você possa indicar? Minha pele arrepiou por dentro. Ele diz que tem cabelos compridos, fica horas em frente ao espelho, nu, a tempo de pegar uma friagem e morrer de pneumonia.

Parei de falar dos meus cabelos e unhas, quebrei o espelho. Passei a observar meu corpo apenas quando tomava banho, minha mãe entrava no quarto e eu pedia uma sopa, perguntava por meu pai e por Ernesto, falava da saudade do pasto e dos bois, de trabalhar com ele, filas de palavras às quais ela respondia contente, para depois abrir a Bíblia e ler trechos que falavam da redenção dos pecados.

Pouco depois, meu pai apareceu na soleira da porta. A resina da samaúma começou a me descer a nuca, as unhas cresciam a cada passo que o aproximava da cama e tive de levantar as mãos para não furar os lençóis.

A cama se enche de resina e suor, o líquido sobe em direção ao beiral. Meu pai olhos-fenda. Sua mãe me disse que você está melhor, que quer voltar a trabalhar no pasto. Ouço a madeira estalar sob o peso da umidade, ele se aproxima devagar, as narinas se alargam. É, eu quero. Esqueço das mãos, as unhas me atravessam a carne, o sangue o suor a resina. Meu pai, mesmo com olhos claros, ainda é meu pai. Mesmo translúcido. Sinto em suas veias nosso ritmo em comum e me lembro de quando eu tinha três anos e me afundava em seu pescoço, era assim que dormíamos há muito tempo, no tempo em que não nos sentíamos ameaçados por estarmos próximos.

A cama vira barco, a água escoa pelo quarto, lava os joelhos de meu pai enquanto ele me observa. Saudade de seus olhos pretos. Quero ser pequeno como Ernesto para vê-lo na pele cor de terra, a bota marrom ofendendo o piso de madeira, a sela jogada com violência num canto da varanda. Eu tinha sido meu irmão em outra época. Quero ser Lina e Letícia, que podem ser ternas. Quero ser minha mãe, com quem ele tem segredos.

Então eu digo: sim, me deixe trabalhar com o senhor, e as cores voltam ao que eram.

* * *

O tempo é um susto, quando você viu já foi. Leio essa frase no epitáfio de meu avô, pai de meu pai, diante do sol do meio dia a iluminar uma placa prateada com o nome dele e uma caliandra órfã deitada em cima da lápide. Sebastião Naves era do tempo das pedras, havia nascido para o norte e, semanas depois do seu passamento, começou a descer para Ordem e progresso um povo que vinha prestar homenagem, gente de pouco ruído, homens na varanda da minha casa com os chapéus na mão ao lado de suas mulheres e filhos.

Eles tiram cachos de banana dos sacos, minha mãe oferece mais comida e café. Sentam-se no chão, em esteiras de palha, e se alimentam. Meu pai oferece cachaça aos homens, bioua Tião, bioua, eles dizem. Um grupo de meninas cerca minhas irmãs, olham os babados, as fitas nos cabelos, encostam nelas a ponta dos dedos e riem. Letícia quer saber onde moram, mas elas respondem numa língua longínqua.

Eu pensava que só os índios falavam o que a gente não entendia, mas aquele povo usa roupa, é gente que vive na beira dos rios lá pra cima, sabe caçar, pescar e fazer roçado, mas mãe, por que eles não falam a nossa língua? Presta atenção, alguma palavra eles falam, mas são lá da terra do seu avô, e lá longe de tudo nossa língua se misturou com a língua do índio na beirada do rio. Deu isso aí que você está ouvindo. Bioua deve ser palavra Karajá, quem conversava com eles era o meu pai e o pai do seu pai. A gente só ouvia de vez em quando.

Eu estava diante do povo do rio, do grande rio, meu avô o chamava de Berocan, nome antigo dado pelos Karajá, mas suas águas tinham muitos nomes porque Berocan nunca foi um só. Berocan havia sido Fermoso Braço para os jesuítas e Paraupava em velhos mapas dos bandeirantes. Belisário me ensinou que a história do Berocan era também a história de seu nome, pois quem dá nome confere também intenção e percurso, esquecimento e invisibilidade.

Nas páginas, o professor me contava um rio diferente do de meu avô, falava de margens estoicas, gigantes deitadas em posição fetal, cada curva da pele repousada ternamente sobre a areia. O Berocan de meu avô não se domava assim facilmente. Variantes na formação dos canais e das correntezas desmanchavam pequenas dunas submersas, que apareciam em outra margem, em outro ponto, mudando a paisagem. Praias de água doce sumiam e apareciam, quando você viu já foi, como no tempo do epitáfio, o tempo que não é pra medida do homem, mas da natureza.

Se você medir o rio pela régua do homem, que contém e define, vai entender errado porque a água é maior do que os homens, ela esconde e atravessa, e não se pode entender a água, só se pode estar junto dela, ao largo, imerso, ou fugido como os jaós e as onças pardas que, nas cheias, buscam as áreas elevadas. Os animais percebem o pulsar gradativo do rio que sobe, há os que emprenham no início da cheia para parir no tempo seco, o ritmo da vida segue a maré, não é assim com os homens?

O livro de Belisário fechava o sentido do rio em suas margens, em seus afluentes, na definição da fauna e da flora, fazia do rio um cenário fixo, capengas palavras. Berocan foi fluxo incontido nos olhos de meu avô falecido. O rio continua vivo nos olhos embaixo da terra. Saber não é conhecer, um dia meu avô me disse.

 Sebastião Naves me ensinou a caçar. Aos nove anos de idade, entrei na mata com ele carregando uma espingarda. Ele me besuntou as partes expostas do corpo com óleo de cozinha para que muriçocas e borrachudos não fizessem caso de mim. Também me ensinou a amaciar a botina, a fazer a amarração de selva com um cadarço envernizado que cruzava os ilhós ora por cima, ora por baixo, alternando a amarração em gôndola e em xis. É a única forma de a vegetação rasteira não grudar no calçado e fazer cair. Na selva, sempre olhe para frente. Se tiver vento, ande a favor, os espíritos da floresta ajudam a caminhar melhor assim.

 Naquele tempo não havia carta que chegasse àquelas famílias que vieram à nossa casa prestar suas homenagens. No entanto, meses depois estavam lá. Talvez a morte de meu avô tenha sido soprada pelo vento, ele que respeitava o ar e seus espíritos, que não seguia em frente se encontrasse um matamatá. Ele me contava suas andanças em palavras bonitas, que eu transformaria em sermão quando fosse padre, contaria os casos de meu avô Sebastião para arrancar um cheiro dele, as palavras ressuscitariam sua sombra, sepultariam os índios, a mata e os espíritos, posto que seriam palavras para acobertar a saudade. Palavras assim, perversamente bonitas, costumam ser as mais covardes.

Foi meu avô quem me ensinou a falar baixo, muito baixo. Por dias e dias ele me contava coisas que eu não entendia até que se acostumassem, pouco a pouco, meus ouvidos. Mata é lugar de orelha em pé e fala contida, os índios captam qualquer tom acima, e a gente nunca sabe se encontra um invocado no caminho. Nem todos os índios são bioua.

* * *

Preenchi o caderno com as palavras de meu pai pela manhã, gado, doença, colocava-as na ordem certa para falar do trabalho no campo, cheiro, galinhas, mas no papel me pareciam surdas, ovos, sêmen, então me lembrei, mato cerca dentes, se colocasse as palavras em rimas alternadas, opostas, emparelhadas, no padrão silábico preciso, podia encurralar as palavras de meu pai. Belisário chamava isso de poesia, eu de colocar o tempo em estado de espera. Fugir à tempestade branca que manchava os lençóis da cama à noite, à minha revelia.

Olha, tem um bigodinho embaixo do seu nariz, cala a boca, Letícia. Brigavam minhas duas peles, a que rebenta e a que, repuxando, faz o ombro e as costas ganharem matéria. Preso no espaço entre uma e outra, eu tentava respirar quando ouvia rapaz bom, vá buscar suas irmãs na igreja, calçava a botina forçando os calcanhares até que sangrassem, pois com a botina eu ainda podia caminhar sob a vigilância de meu avô.

Minha mãe ofereceu os sapatos de festa de meu pai para ir à quermesse, logo a gente compra um pra você, só vamos esperar esse pé crescer de vez que é pra não desperdiçar. Eu insistia nas botinas, mas não havia o que fazer. Experimentei os sapatos da lida. Não, esse é desgastado, tá com bosta de vaca, você vai fazer vergonha na gente, mãe, fala pra ele trocar, na quermesse tem de ir arrumadinho, senão pega mal pro seu pai, experimenta o dele, meu filho, olha que bonito, combina mais.

Os sapatos de meu pai reluziam na graxa fresca, mas, a cada passo, ganhavam a poeira da terra queimada e venciam a distância até a igreja. Lina e seu vestido azul de festa, com renda enrodilhada no pescoço. Letícia, de amarelo, ainda tinha o rosto úmido, pois mamãe havia achado em sua gaveta um rouge e um batom vermelho. Sanfonas. Bandeirinhas coloriam o céu da praça, nas barraquinhas próximas ao coreto minhas irmãs encontraram Isolda, ela sorria e mostrava a gengiva superior, a nuca nua, o coque alto e sapatos negros como os meus.

João da Berne observa. Acena de longe, Lina, Letícia, vocês não me sumam da vista, fui até onde ele estava e ficamos de pé observando a dança. Padre Neto olha o Zé Preto se contorcendo entre os casais. Era música de dançar junto, mas Zé Preto pendula, o braço direito estendido, como se segurasse uma mão, e o esquerdo em cima da barriga.

Pedro, olha o Zé Preto, cheio de cachaça, você num arruma uma do seu pai pra gente tomar um dia? Zé Preto quase cai em cima da rendeira do Silas, o sanfoneiro aperta o ritmo, Zé Preto gira e esquece a música, sincopa os pés descalços no chão batido, sentenças estranhas, minhas irmãs se aproximam. Isolda, ele está fazendo de novo a dança dos escravos, olha a cara do Padre Neto, Jesus, ele não tem juízo, se meu pai estivesse aqui já tinha descido a mão na cara dele, vai lá, Pedro, faz alguma coisa!

Todo mundo dança igual, e o Zé Preto diferente. Depois da morte de meu avô, daquelas pessoas quietas que falavam bioua, perguntei a Belisário se existiam outras línguas no país, existiram muitas, mas o que eu vou contar fica entre nós, você já ouviu falar em quilombo? Então ele me contou que homens como o Zé Preto falavam outras línguas e vinham de uma terra atrás do mar. Nem tanto tempo atrás assim, esses homens foram escravizados, como?, trabalhavam de graça, e por que não fugiam?, porque eram vigiados, e por que faziam isso com eles?, porque eram pretos, ah, tá, o Padre Neto e meu pai dizem que os pretos não têm alma.

O João foi buscar um refresco. Isolda, o João quer dançar com você, mas Deus me livre de dançar com um pé rapado, minha mãe me mata! Pra dançar junto na quermesse era assim, só tendo a cor certa ou o dinheiro. O Zé Preto tinha a cor errada, Belisário havia me dito que por isso ele não tinha dinheiro, mas o João tinha a cor certa e também não tinha dinheiro, mas é porque a escravidão nunca deixou de existir por essas bandas, Pedro. Eu tinha algum dinheiro, mas não queria dançar com a Isolda, e além disso o João era meu amigo.

Zé Preto cai no meio da pista, Padre Neto o pega pelo braço e os dois somem na noite que começa. Em meus pés, a terra já venceu a força da graxa. Na volta pra casa, recolho uma mimo-de-vênus, Pedro, tira isso da cabeça antes de chegar, já não basta você não ter deixado a gente aproveitar a festa? Imagino Letícia estendida no tronco, Zé Preto desferindo bordoadas, depois ela dormiria na senzala, eu e Zé Preto iríamos para o quilombo, eles me deixariam entrar?

Quase hora do jantar, sento à mesa. Minha mãe tagarela na cozinha, vocês fazem tudo errado, tem muito sal, o fresco entra pela varanda no cantar da corruíra, voz de pássaro e gente, meu pensamento longe. Toco a pele da flor com a ponta dos dedos, ouço os passos de meu pai frios como cortina de gado no abate. Posso pisar na flor e verter sua resina pra debaixo da mesa, antes que ele chegue. Ou posso deixá-la aqui. Os olhos amarelos de meu pai refletiriam a mimo-de-vênus a tomar quase a metade do meu rosto.

Ainda procuro o grito, a autoridade dele contra a flor, o tapa na orelha que eu poderia tomar no lugar de Zé Preto. Ainda recrio minha mãe e minhas irmãs vindo ao socorro, as mulheres da cozinha espichando o olho pela fresta, meu Deus, tantas coisas poderiam ser ditas, mas ele murcha a flor antes, olha e faz com que vire flor de página de livro, o toque da morte seiva enegrecendo e transformando as bordas em superfície plana, imprensada contra as letras negras, flor flechada dentro, sem respiro-cor-substância. Levantei da mesa enquanto conseguia.

Vá em frente o quanto você conseguir, me disse Sara alguns anos depois num momento crucial de minha vida. Eu estava prestes a desistir, queria me sentar no chão da mata e apenas observar a folhagem rasteira, amarela, marrom e verde, pra esquecer o fato de que a morte não é seletiva e, portanto, não é justa. Estávamos os dois na sombra das castanheiras, pensando no que fazer, decidindo se gastávamos munição no lombo de um caititu ou se guardávamos as balas para resistir aos inimigos. Ou comíamos ou resistíamos, e me lembro disso porque tentei fazer isso na mesa, resistir, uma mimo-de-vênus por munição, contei pra Sara e ela sorriu, veja bem, desde cedo você queria fazer a revolução.

Foi a poesia que nos uniu, a mim e à Sara. Devo a Belisário por ter me ensinado a rimar, a quantificar o número de sílabas, a escrever sonetos que me deixavam menos sozinho quando deixei de estudar em casa e fui para o colégio. Meu público gostava de vocábulos específicos, luz, estrelas, amor, encanto. Eu provava o poder das palavras monótonas e das divisões silábicas que acostumam quem ouve ao fim dos versos. A matemática do ouvido médio é simples: basta que possa entrever o caminho de uma rima, quase acertá-la. É no conhecido que reside o aplauso. Eu achava bonito na época. Até conhecer Sara.

* * *

Bastou forçar um pouco a vista para eu voltar a enxergar tudo em branco e roxo. Caía a noite quando João bateu palma na varanda e meu pai o convidou para entrar. Agora nós três vamos sentar aqui e beber. E vamos fumar também, eu tenho um fumo lá de Redenção, é coisa boa, já mandei sua mãe buscar. Era noite de aniversário dos meus doze anos, quinze de fevereiro de 1960. Ele e João tomavam a cana de uma vez, batendo o copo vazio no tampo da mesa de jacarandá. O vidro o grosso copo estalava a madeira, chiavam os lábios de meu pai expulsando a fumaça do cigarro passado à minha mão.

Mal eu engolia a cana, meu pai enchia o copo de novo. Altamir, o menino é muito novo, vai cuidar da sua vida Nilse, deixa, mãe. João não piscava. Dentro da garrafa, um caranguejo morto imprensava a cara contra o vidro, meu pai virava o gargalo e a carcaça se movia lentamente pela vitrine, metade do bicho no seco, outra metade no álcool, as dez patas torcidas pra trás. Seu Altamir, como se põe o bicho aí dentro? É só cortar o fundo da garrafa, João... Não é João o seu nome? Daí põe o caranguejo, joga a bebida em cima e fecha. Com ele vivo? É, com ele vivo que é pra dar gosto.

Minha mãe trouxe uma galinha ao molho pardo. Coma, meu filho, eu não estou com fome, mas coma assim mesmo que é pra não fazer desfeita pra sua mãe, logo mais uma mulher vai fazer comida pra você e vai saber se ela tem a mão boa, isso é questão de sorte. Quem você matou, mãe? Qual das galinhas? Não sei, Pedro, essa história de dar nome é sua, pra mim é tudo igual, mas come, tá boa. E a Lina e a Letícia, não vêm? Não, rapaz, eu, você e o João vamos jantar e depois vocês vão dar uma volta lá em Esperancinha.

Esperancinha, ainda hoje me lembro, era uma vila com seis ruas, tudo o que não cabia em Ordem e progresso ia parar em Esperancinha. Lá, quando se entrava, subia uma névoa negra densa, e só saía de lá quem pudesse, de forma que entrar e sair não era questão de querer. Esperancinha das casinhas negras, cinzentas, dos cachorros magros, da casa com lamparinas verde--fluorescentes, era para lá que íamos, para onde eu sabia desde o princípio que estava destinado a ir quando chegasse a hora. A menina segurava pela mão uma boneca de pano com os olhos azuis no vértice da sala pequena. Uma senhora gorda, com os cantos da boca puxados por anzóis, estendeu dois copos com um líquido vermelho para mim e para João, eu estive no seu parto, te conheci pequeno, só estava esperando o dia em que você viria, por aqui passam todos os homens de todas as vilas, uns demoram mais, outros menos, mas nunca deixam de vir, pois que fiquem à vontade, você e seu amigo, tenho muito apreço por seu pai, sei que você vai ficar satisfeito com a menina, se me dá licença, vou deixar vocês em paz, qualquer coisa estou do lado de fora.

    O tempo é uma criação humana, as palavras de meu avô ecoaram no pau a pique e voltaram ao barro. O homem criou o tempo para tentar se libertar do sol, pois antes os dias eram cortados somente pelo céu, em duas fatias, a do dia e a da noite, então o homem resolveu que precisava de outro jeito que parecesse mais, é sempre por mais que se apela, daí vieram os anos, os meses, os dias, as horas de cada dia, os minutos e os segundos das horas, artifício pra deixar a gente mais longe da morte ao menos na contagem. A menina era-boi. Esse é o presente do seu pai, disse João, a não ser que você não queira e me resolva passar a vez.

    Ela pousou a boneca no canto da parede, de costas para nós. O vestido escorreu para fora do corpo que não tinha seios, pelos, cintura, e ali eu vi meu corpo de quatro anos antes, liso e promessa, quadro em branco do tempo que meu avô falava. Enxerguei meu corpo antes de ser manchado pelo sol e pelas luas. De diferente dela só embaixo, o triângulo pequeno entre as pernas contra minha seta em direção à terra, o corpo dela fresta para que eu retrocedesse ao antes. Ela deitou-se ao meu lado e esperou.

Viemos esperando juntos até hoje, estivemos esperando juntos em outras curvas, no compasso do que há ou não há de vir, lá fora eu ouvia a respiração de João grudada à porta, metrônomo sôfrego, o que ele esperava ouvir? Eu já tinha visto muito para saber que o tempo estava contra mim. Estava contra mim e contra ela, e contra a boneca de olhos azuis virada para a parede. Eu quis que a bruma de Esperancinha envolvesse a casa e nos levasse ao rio, ao rio das sêdes, onde morreríamos mais uma vez, uma singela vez antes de nos desfazermos na correnteza.

* * *

Só é possível sorrir quando se sabe muito pouco, assim que sorriam meu pai e minha mãe. Sorriam para mim, alegravam-se, na contagem dos dias me consagravam a muitas coisas, pois que não se consagra um filho somente a Deus, mas a si mesmo, sobretudo a si mesmo. Nunca mais voltei a Esperancinha, apesar de ter ficado por lá. No susto da noite, eu e João vimos as brumas se abrirem para que passássemos, ele tentava saber, eu fitava a terra vermelha aos nossos pés e caminhava, posto que às vezes somente é possível vencer a distância, andar andar, sentir o corpo contra as horas.

Os bois cheiravam à ânsia a caminho do abatedouro. Pela primeira vez, percebi o aroma acre que se desprendia, o ar condensava o aviso, eles empacavam, o pai de João na chefia do açoite, eles se punham a marchar novamente, é assim, algo sempre precisa morrer; para fazer parte do corpo de Cristo também é preciso comer da sua carne e beber do seu sangue. Eu não tinha pena dos bois, às vezes somente é possível vencer a distância, andar andar, João assuntava Esperancinha e eu dizia volte, não sem você, bebíamos a cana do meu pai e eu observava o caranguejo engarrafado, em outros tempos ele havia conhecido o mar.

Belisário havia me ensinado sobre os oceanos e os animais que viviam no fundo, profundos animais raspavam o dorso no início de tudo, próximos ao chão da Terra. São animais dos quais não temos conhecimento, estão ah-lém de onde podemos ir, existem teorias sobre a carne deles, como respiram, o que comem, muitos sequer têm carne, apenas uma matéria fina. Eu recriava, em desenhos, os animais invisíveis, dava a eles substância, punha e tirava patas para que andassem, inventava a cadeia alimentar e mexia suas articulações, ventríloquo, criador de seres alados, asas no fundo do mar?, sim, para que pudessem sair de lá algum dia.

* * *

No salão da prefeitura, confetes e serpentinas caem sobre meu terno branco, a banda da cidade toca marchas que sussurro baixinho dentro da mata para me lembrar de que já dancei. Sara pergunta qual é a música, ela parece os seres invisíveis, tem pouca carne, os pés mal pisam o chão e resolvo que devemos ficar de mãos dadas, ainda que isso nos atrase o passo, se eu cair, que caiamos juntos como bois andantes na floresta.

Baile e mata, lembro novamente de meu avô falando sobre o tempo, a noite e o dia cedendo espaço aos discursos fracionados, sobre um tapete de segundos compreenderíamos melhor nossa existência. Baile ou mata, o que aconteceu primeiro? Para compreender basta colocar um antes do outro? Debaixo de confetes e serpentinas, a mata já se anunciava.

Alguém grita que é hora de eleger a miss Ordem e progresso. Lina é a primeira a desfilar, seguida de Letícia e Isolda. As luzes do salão estão baixas, não posso discernir quem é quem em meio a tanto roxo e branco; quando chegam perto da plateia, elas colocam a mão na cintura e sorriem, dão meia-volta e continuam a sorrir, mesmo que ninguém as veja de costas. Aplausos. Aperto a máscara que levo na mão direita e uma farpa da madeira se insinua entre meus dedos.

Pedro, que máscara feia é essa? A máscara eu fiz por que, andando à beira do rio das sêdes, avistei um retângulo liso de madeira. Pedi ao padre Neto que me emprestasse as tintas com que pintávamos os anjos nas paredes da igreja, em verde, amarelo, azul e branco. Voltei para a margem do rio e divisei meu rosto no reflexo, nariz dilatado, olhos puxados a meu pai e a Ernesto.

Molhei a ponta fina do pincel, replicando um a um meus traços, eles pulavam do reflexo do rio como fiapos de dente-de-leão e pousavam na madeira.

    Lina ganha flores e coroa, mas meu terno branco está manchado com as lágrimas de Sara. A farpa continua a afundar entre meus dedos e um som longínquo de Jaó me chama para a mata. Se meu avô estivesse vivo, eu diria a ele que a memória não se refere apenas ao passado, pude sentir e ouvir o que ainda viria. As lágrimas de Sara começaram a brotar em meu corpo numa terça-feira de carnaval antes mesmo de nos conhecermos.

* * *

Deixei Ordem e progresso num dia de regência da terra e meus joelhos quase se dobraram. Eu era o primeiro da família a estudar longe, na mala de tecido carregava três livros de Belisário e algumas mudas de roupa nova. A família formava um cordão entre mim e o ônibus. Eu rumaria para a casa do tio Zeca, da tia Adelina e do primo Carlos, e voltaria nas férias, naquele ano mesmo, 1961. Minha mãe me beija, me aperta, minhas irmãs me abraçam, meu pai estende a mão, cuidado em quem você vai confiar, é, não confie em ninguém não, vá com Deus, meu filho, não esquece da renda que eu te pedi.

    Minha nova casa é branca e azul. Há no quintal uma laranjeira, um limoeiro e uma terra preta, fria e úmida onde pouso os pés. Vá se lavar, Pedrinho, vamos tomar café. Deixo minha mala em cima da cama, apoio os livros na escrivaninha e Jesus crucificado me observa da parede. Toco em seus pés, precisaria bater com os nós dos dedos; a madeira, quando parece com outras, só se revela no eco da pancada, mas e a coragem pra bater em Jesus?

Na parede oposta, acima da cama, descansa uma fotopintura de meu avô Sebastião, de 1950, oito anos antes de ele falecer. Seus olhos têm o castanho da vegetação rasteira das matas do Berocan, dizia minha mãe que, quando novo, eram negros e grandes, clarearam com o tempo, de tanto olhar para o ouro. Se tem quartzo e composto de ferro no terreno, certeza que tem ouro, e ele sabia, a casa azul e branca vinha das pepitas de vovô, dos diamantes achados nos interiores, de lá vinha a fazenda de meu pai, meus estudos, na andança dele atrás das riquezas corria a história de que havia achado as minas de Araés, muito cobiçadas pelas antigas bandeiras.

Isso é história, se o seu avô tivesse achado Araés, a gente teria é muito mais, mas um dia, chupando laranja na entrada de casa, vovô catucou a bengala nas minhas costas, pediu silêncio, me estendeu um mapa e apontou Araés, desde 1600 que procuram Araés, o Anhanguera foi atrás e chegou perto porque um dos pontos é esse aqui, olha: primeiro você precisa chegar nessas pedras, não são pedras comuns, se atente, nelas você precisa ver os instrumentos do martírio de Cristo, lança, coroa de espinhos, cruz, cravos, é isso que você tem de ver.

Eu e mais sete homens saímos pra refazer o caminho do Anhanguera I, o pai. Em 1600 e poucos, ele levou com ele o filho pra buscar Araés, tinha a sua idade o menino, mas chegaram em Martírios, andaram e andaram catando a greta do rio Paraupava, que é por lá que se entra no caminho certo, Paraupava significa mar cortado porque a época seca vem e ele se parte em dois, mas lá tem mar?, não tem mar é só o nome, mas se não tem mar por que deram esse nome?, me deixa terminar, peste, os dois passaram uma lasca na busca e nada, descobriram outras minas, mas Araés, não.

Quarenta anos depois, o menino resolve ir atrás do sonho do pai, e ele tinha o mesmo nome que o pai: Bartolomeu Bueno da Silva, e o chamam de Anhanguera II, e ele chega de novo em Martírios, dessa vez um homem, e anda e anda catando a greta do rio Paraupava que é essa greta marcada aqui, olha. É por aqui que eu e meus três homens entramos. Não eram sete? Eram, mas desistiram quatro. O primeiro, quando um cauã passou cantando; o segundo, quando subiu um cheiro de urucum e jenipapo; o terceiro porque não aguentava mais comer mel e era isso que tinha porque a caça andava esperta; e o quarto, eu não me lembro.

A gente entrou, e no fim da greta havia praias e mais praias de rio e era pra se confundir de tão iguais! Dizem que o Anhanguera II passou três anos nesse labirinto, se escondendo dos gentios e das onças, é bem possível, lá eu também não soube o tempo, só lembro que os olhos dos bichos eram vivos como clareiras, então a gente comia apenas palmito bocajuba, indaiá e mel, e, meu filho, isso eu jamais falaria pro seu pai, mas o sangue no corpo afasta Araés. Tudo que prende o ser humano na terra afasta Araés. Pra chegar lá, é preciso ir ficando cada vez mais leve, que nem passarinho.

No caminho, a gente ia perdendo. Meu alforje, com a carne seca que ia durar pra dois meses, sumiu. O cantil azul também. Tava encostado na casca de um palmiteiro e, no dia seguinte, quando acordei, nada. O Tapewa Karajá disse que os espíritos tinham levado o alforje e o cantil, e que era pra deixar ir, se bobeasse a gente reencontrava os pertences mais à frente, quando fosse a hora certa. Nem água eu pedia pros outros que numa viagem dessas cada um cuida do seu, então matava a sede quando cruzava um igarapé e pedia que os espíritos devolvessem o que era meu.

Tá vendo essa marcação aqui? É onde você deve ter muito cuidado, se algum dia for atrás do ouro, você vai? Eu chamei de Pranteiro essa cachoeira, a água corre em dois buracos na pedra, dois olhos, e na neblina que a queda faz sumiram o Tapewa e os outros, se aproximaram e bau bau, fiquei um dia esperando na beira d'água que voltassem e desisti porque me dava muita vontade de chegar perto daqueles olhos, fechei os meus pra não cair em tentação, e ainda assim era difícil, então eu virei as costas e continuei sozinho.

Só tinha a carabina na mão e uma garrafa de aguardente pro caso de aparecer algum gentio, que cachaça eles adoravam. Às vezes adianta oferecer, às vezes não, quando se entra pra dentro demais e se cruza com um desses que nunca viu uma cara branca, aí não dá nem tempo, que ele vem é silencioso pra matar. Eu ouvia, meu filho, tem de ouvir os bichos que eles avisam antes a desgraça, as plantas, tem de ouvir as plantas, se você se resolver, a gente vai antes ali pelas bordas ficar um tempo pra criar o ouvido, a boca e o olho certo que esses que você tem, peste, lá não servem pra nada.

Olha, não adianta eu contar tudo, os caminhos mudam, como vai chegar lá a partir de Pranteiro, depende de quem vai, pode ser mais rápido ou devagar, chegar ou não chegar. O mapa só serve até esse ponto. Daqui, eu fui seguindo até me deparar com uma clareira, puro sol ali embaixo, de longe parecia, mas não era sol não, o gentio estava coberto de ouro, várias cunhãs com folhetas nos braços, os curumins com ouro nos tornozelos, a aldeia brilhava tanto que o amarelo tomava o lugar dos olhos, e o resto eu não posso contar, só o que passou quando eu saí de lá, quanto tempo depois diz a sua avó que foram cinco anos.

Eu trouxe o justo no corpo da ubá, apenas o justo, com a correnteza a favor, só olhando pra frente. Trouxe um arco e flecha dos Araés, e ele me valeu muito contra os Xavantes. Numa esquina do Paraupava, caíram dez na minha mira, mas na primeira flechada eu soube: aquela corda lançava junto com cada flecha um pedaço da minha alma. Saí de lá um décimo do que era, a força e o coração minguados, meus olhos mudaram de cor, mas não foi por causa do ouro, foi por causa das flechas. A gente escapa da morte até não escapar mais.

Isso é história, seu avô é bom, não matava nem mosca, mas tudo o que a gente toca deixa marca, às vezes leve, às vezes pesada, e eu sentia o afago do arco e da carabina na mão esquerda do vovô quando ele a estendia pra eu pedir a bênça.

Minha cama ficava entre meu avô e Jesus, e eu sonhava com eles quase todas as noites. Vovô e o Paraupava-Berocan eram muitos, assim como os índios tinham sido muitos em outra época, virando poucos por não aceitarem Jesus. Antes de dormir, eu contemplava a cruz e a fotopintura, nos meus sonhos as duas se fundiam, e o espírito de Anahí tentava me dizer alguma coisa. Então mergulhava no rio das sêdes e, quando voltava à superfície, estava no Berocan. Na margem direita, os Araés me estendiam suas flechas de taquari.

* * *

A verdade é que não adianta, a beleza não permanece. De longe não é possível enxergá-la, de perto perde-se os detalhes. A distância perfeita é a imaginação, ou o amor, não, o amor não. Quem se acha capaz de amar alguma coisa está enganado, o amor não pertence aos homens, somos uma doença enraizada, procuramos aqui, ali, em qualquer lugar, sorrimos no caminho para uma ou outra pessoa, para qualquer um, sorrimos para o que há de nós dentro delas, ou para o que achamos que há de nós ali, mas para elas, ah, para elas é muito raro. Quem sempre sorriu para a própria sombra sabe do que estou falando.

Falo isso por causa de Sara. Ela estava na primeira fila, na sala de aula, e eu no meio. Na distância entre nós, um mar de alunos me olha de cima a baixo, de onde você veio?, ela me pergunta num bilhete. Respondo? É melhor eu me aproximar dos meninos, a professora rabisca no quadro uma bacia hidrográfica, os meninos, a voz de meu pai, a voz de Anahí, eu venho de Ordem e progresso. Sara sorri e nos aproximamos.

Sara gosta dos livros, contei a ela tudo o que Belisário havia me ensinado. Ficávamos os dois no intervalo, lendo e escrevendo discursos para seres imaginários, ela chegava em casa e lia nossos textos para a irmã gêmea, Matilde, era para ela estudar com a gente, mas mamãe não conseguiu vaga. Matilde é mais inteligente, mas eu passei na prova do ginásio e ela não, agora não sei o que vai ser, mamãe disse que vai ficar tudo bem, ela é bonita e vai se casar com um rapaz bom.

Fiquei triste por Matilde, eu nunca tinha visto gêmeas, mas se ela estudasse conosco, talvez eu não soubesse diferir entre ela e Sara, o gesto de uma se anunciando no rosto da outra, de forma que seríamos uma tríade fundada na incerteza. Se desse tudo certo, Matilde também poderia ser secretária, ou trabalhar numa loja, então ela teria dinheiro antes de nós e poderia nos convidar para comer em sua casa.

Havia uma lanchonete em frente ao colégio, eu e Sara íamos sempre para lanchar. Eu acho que você precisa levantar menos a mão na sala de aula, é por isso que os meninos implicam, fica na sua, não vale a pena. Os professores olhavam direto para mim, todo mundo quieto, e eu citando os afluentes das bacias, as fórmulas matemáticas, apontava o sujeito, os verbos e os predicados sob o olhar preocupado de Sara. Cu de ferro, maricão.

Um dia fomos a uma excursão para aprendermos na prática um pouco mais de biologia. Era uma fazenda de gado com galinhas e porcos, acordei com saudade do pasto e coloquei um par de botinas novas. Poderia escrever para o meu pai e contar, ele ficaria feliz, me perguntaria o tamanho do rebanho, o cheiro dos bichos, como eram alimentados. Anotei no caderno as minhas perguntas, mas o professor não sabia responder, falou apenas do organismo dos animais, como processavam e excretavam, se eram onívoros, carnívoros ou herbívoros. É interessante como se aprende desde cedo o que não importa.

Reino: *Animalia*, Filo: *Chordata*, Classe: *Mammalia*, Ordem: *Perissodactyla*, Família: *Equidae*, Gênero: *Equus*, Espécie: *Equus ferus*, Subespécie: *Equus ferus caballus*. Categorias para encaixar os cavalos no mundo, não um determinado cavalo, não o cheiro e a poesia de cada cavalo, eles eram muitos cavalos, mas ao mesmo tempo nenhum. Cavalos desalmados em nossos cadernos.

O latim se imiscuía na vida dos cavalos, a mesma língua professava Deus e as definições científicas dos equinos. Numa baia, descansava um pangaré e me aproximei guiado por uma saudade imprecisa, talvez eu nunca tenha tido treze anos, pois me lembro disso: não foi a travessura que me levou até ele, mas a falta. Em frente ao animal, observo o redemoinho em sua cabeça, todo cavalo tem um.

Os olhos geralmente nos levam para onde podemos. Se nossos olhos estivessem fora do corpo, como dois satélites à sua volta, talvez tivéssemos alguma chance. Eu poderia observar minhas cicatrizes nas costas, de uma parte do corpo para a outra, sem a mediação do espelho. Também notaria minhas panturrilhas enquanto caminhasse e saberia o que elas dizem nos dias de chuva. Acontece que, fixos como são, os olhos não alcançam o verso. Mas não os olhos do cavalo.

O redemoinho era uma brecha para eu adentrar o pangaré. Percorri a maré de seu sangue, seu estômago sofria, os órgãos fazem ruídos, os dos animais, os nossos, e não percebemos porque a pele nos isola desses subterrâneos. Bobagem eu ter pensado que a maior benção na vida de uma pessoa é o amor porque a sorte é termos a pele, pois ela nos poupa da matéria feia e viscosa de que somos feitos. Eu, o cavalo e nossos tambores íntimos.

Foram quinze dias longe do colégio. Sara disse que comentavam sobre mim, que coragem, levou a ferradura bem no peito, nunca vi tanto sangue, o professor ficou apavorado! Será que vivi o que não me lembro? Do meio do esterno, a dor irradia para os braços, na ponta dos dedos o cheiro do cavalo, na parede oposta à cama, Jesus Cristo continua olhando para mim, ou por mim, não sei, mas por via das dúvidas oro.

Tive a prece por esteio até colocar os pés no Berocan junto com Sara. Não há paz na natureza. O verde afiado, o murmúrio dos animais selvagens, ficamos quatro anos embrenhados na mata, e ainda que eu conte agora o porquê, adiantaria? O que levou a mim e Sara ao Berocan está vedado a nós, acreditávamos que sabíamos, como acreditam os homens em relação a quase tudo.

O professor de biologia disse que o ser humano troca de pele sem perceber a cada sete anos, e não apenas a pele, todas as células de seu corpo se renovam sem que tenha consciência disso. Deixei minhas células mortas no Berocan ou talvez elas estejam vivas por lá e mortas agora.

Há momentos definitivos na vida, o corpo me avisou nas veias afluentes do cavalo. Desde que eu não estivesse preso à minha própria carne, quando eu pudesse ah-lém, ali estaria, em cavalo, o cheiro dele continua em mim apesar de eu não estar mais lá, não é o cavalo, os cheiros se insinuam mesmo quando o animal que o deixou se vai, é assim com as estrelas, a luz continua a chegar depois que morrem, é assim com o Berocan, digo à Sara que precisamos voltar para o destacamento, margear o lado esquerdo do rio até o Igarapé das Rosas, mas o rio está em nosso encalço.

* * *

Se eu chorasse com a palmatória do Padre Neto, tomava mais uma. Então, franzo o cenho o mais forte que posso e retenho as lágrimas antes que engordem e manchem meu rosto. Uma a uma, as gotas se equilibram na fronteira da linha d'água, colocam-se à beira do precipício e dali voltam, formando um oceano em fluxo reverso. Protegidas do céu e do sol, elas jamais podem secar.

Doeu muito?, os meninos que me chamavam de capiau perguntaram no colégio, doeu nada. Um incômodo ainda se estendia do esterno até o braço esquerdo, eu abria os botões da camisa do uniforme e mostrava no peito a marca roxa do casco do cavalo, eles a apertavam com os dedos; eu pedia, à noite, que a marca fosse embora logo, que perdessem o interesse, e agora, tá doendo?, nada, e agora?

Sara passava as tardes em casa, chegava às duas e meia, logo depois do almoço, abria a mochila e estendia vários livros sobre o sofá da sala, de onde você tirou isso?, da biblioteca que não foi, eu não posso te falar, você roubou de algum lugar?, você sabe guardar segredo?, vai, Sara, fala logo, veio do armário que o meu pai tranca na sala, eu achei a chave.

Mas por que o seu pai tranca os livros? Não sei, ele só disse pra eu ficar longe, que na vida a gente tem de ser macaco velho. Sara me estende um volume e dá de ombros.

* * *

Minha mãe me escreveu uma carta em que pergunta como é viver na cidade. Sara havia me levado para conhecer o cinema, as lanchonetes, comíamos os itens mais baratos do cardápio apenas para repetir muitas vezes, a fome acabava e continuávamos comendo até o estômago inchar. Lembrávamos disso na mata, quando sairmos daqui, vamos na lanchonete do português, e passávamos horas entocados falando bem baixinho uma procissão de palavras, misto-quente, guaraná, queijo branco com goiabada, quando só tínhamos meio saco de sal grosso e uma espingarda que já não podíamos usar para caçar. Eu estou com muita fome, a gente não pode ir no vilarejo e pedir uma mandioca pra alguém?

Não tem mais ninguém, Sara, eles mataram o povo que ajudava, estamos isolados, não tem mais mandioca, banana, não tem mais nada, a gente pode procurar umas castanhas e só, ontem eu procurei os depósitos, desenterraram a comida, está tudo revirado, se a gente usa a arma, vamos entregar nossa posição, então aguenta, pensa que logo mais a gente consegue sair daqui, ou pense em qualquer coisa, ou não pense e economize energia, você vai precisar pra contar essa história um dia, alguém precisa contar o que aconteceu aqui.

* * *

Recebi uma carta de meu pai, me perguntava como estavam as coisas na cidade. Sua letra tremia em palavras como reforma agrária, os fazendeiros vão se organizar, na semana que vem faremos uma reunião, falta de respeito e outras expressões se misturavam com o que eu começava a ouvir no colégio, um menino franzino e de óculos redondos tinha me chamado para escrever no jornal do grêmio, rascunhei umas poesias sobre o campo e ele gostou, ganhei em troca o elogio público de que eu não era um alienado.

Alienado, legalidade, palavras novas. O menino franzino chamava-se Bernardo, a terra é do povo, viva o campesinato, eu tomava guaraná e anotava o que dizia, a terra é do meu pai, calei sobre o passado, perguntei o que era alienado e Bernardo me falou de marxismo, alienação: processo em que o ser humano se afasta de sua natureza, tornando-se um estranho a si mesmo, pois os objetos que produz passam a adquirir existência independente de seu poder.

A terra não deve ter um dono só, mas o que seria dos bois sem o punho firme do meu pai, avô e bisavô? O que seria da terra e dos bois se fossem do Zé Preto, que só tomava cachaça? Quando fossem dele seriam outra coisa, e o que seriam então meu pai, minha mãe e minhas irmãs? E eu?

Faz calor nessa cidade, pai, e eu tenho saudade de nadar no rio. Ouvi sobre a reforma agrária sim, uma pouca vergonha, não se pode construir nada nesse país sem que alguém queira tomar, coloquei a carta nos correios e segui com Flávio e Sara pelas ruas sinuosas do Centro.

O calor sobe mais rápido quando as pessoas estão próximas, caminhávamos lado a lado, às vezes em fila indiana, o suor descia pela testa de um operário negro, sim às reformas de base. Sara usava uma blusa de renda, alças finas, a meia-lua dos seios em crescimento apontada pra cima, o operário negro parou de cantar quando olhou pra ela. Talvez o olhar dele tenha levado Sara ao Berocan.

Na mata, o peso da carabina, a chaga na mão de meu avô. Entendo porquê, meu Deus, não é porque ele havia matado índios, fodam-se os índios, os índios também matam, jogam crianças defeituosas fora, e os camponeses só querem comer, entendeu? A revolução é um prato de mandioca e ninguém pode salvar esse país de merda, não somos bons, nenhum de nós, brancos, índios, negros, mulatos, somos todos pecadores, indefensáveis, olha a lama, Sara, olha a lama em que nos metemos, olha o povo, olha a lama, onde está o povo? Cadê a merda do povo? Não foi por eles?

Ontem eu sonhei novamente com o Bené, lembrei que tinha dito a ele da minha infância na fazenda enquanto ríamos e fazíamos a juquira pra preparar um naco de mata pro plantio. Agora o sorriso dele se esconde atrás de uma carabina e ele vai à frente dos milicos, apontando uma picada que abrimos juntos, apontou com os olhos, eu vi, eu e você escapamos por pouco. Está tudo errado, Sara, me passa o sal, acabou?, só dura hoje, mas fique acordada, ouça o urutau cantando, enquanto ele continuar nós estaremos bem, nós ficaremos bem, Sara, acorda.

Corpo abstrato, não ouça o que ele diz. Ignore o barulho de seus pés no chão ao fugir do inimigo, isso não é nada, não há casa nesse corpo que escapa e esconde os gritos das vísceras, e esconde o funcionamento dos órgãos, e esconde que deveríamos saber quando estamos próximos da morte, eu queria um espelho pra me olhar pela última vez, talvez eu possa procurar alguma coisa no rosto, uma linha de tristeza que desça pelo nariz e me apague os lábios, isso pode me segurar, a dobra de uma ruga precoce, preciso ver mais do que meus troncos e membros, talvez eu consiga me libertar, é provável que arranquem minha cabeça como fizeram com o Flávio.

A chuva lava as clavículas do operário, Sara dança com as mãos pra cima, parte da multidão se dispersa; do cartaz, a tinta do pilot preto aflui para os meus braços, o papel começa a ceder pelo meio, ainda que eu segure cada ponta do retângulo com delicadeza, a tarde grita na fresta que se abre, do lado direito *re*; do esquerdo, *forma*, o operário diz algo no ouvido de Sara, que deixa de dançar e vem para perto de mim. Flávio canta de peito nu o hino da *Internacional Comunista*.

* * *

As botas novas ofendem o pó vermelho que recobre Ordem e progresso e ele me invade as narinas sem consentimento. Se pudesse, me abstinha desse cheiro de curtume, tudo rescende a abate e esfolamento, enxofre, derreter de pelos, intumescer de peles, limpeza de fibras, casca de angico, me batiza o cabresto à textura e ao cheiro do pó vermelho, quando voltar para a cidade não poderei inventar uma saudade só minha, estará sempre subjugada pelo cheiro, pelos ecos, pelas digitais que carimbam a porteira com certo senso de pertencimento.

Há uma forma de tocar as coisas que nos dizem respeito, uma pressão conta isso é meu, a minha casa. Da varanda, meu pai amiúda os olhos e se levanta para me receber, interpõe um copo de aguardente entre nós e o abraço, eu sorrio, os cantos da boca armas automáticas apontadas para o lado de dentro. Vamos entrar, meu filho, sua bênção, meu pai. Minha mãe diz que estou muito bonito.

À volta da mesa de jacarandá, comemos em silêncio. Pulsam as pequeninas veias da derme, o nariz apunhala o lábio superior, o olho direito castra o esquerdo. Se soubéssemos nosso sangue a correr, cadência, febre, e não esse líquido do qual nem damos conta, talvez pudéssemos ser menos indiferentes, medir a vida e a morte em mililitros, um pouco a mais ou a menos e não respiramos, mas o sangue segue cativo em seu percurso, ainda que escoe das mulheres os filhos não gerados, sangue-não quando abandona o útero, quando se esconde nas artérias, embora ele insista e chore baixinho todas as manhãs. No entanto, ninguém está ouvindo.

Minha mãe me pergunta quanto tempo faz que comi uma galinha ao molho pardo, só ouço metade da frase, me recordo do resto somente agora, acho que naquele momento atinei apenas no quanto tempo faz, pergunta impossível de responder, ainda não sei, mas tive a impressão de que ela falava de Ordem e progresso, quanto tempo fazia desde que eu havia entrado num ônibus para ir ah-lém do que ela havia imaginado, e não respondi por que meu pai colocou a velha garrafa de aguardente sobre a mesa ou era uma nova com um novo caranguejo enclausurado.

Quero contar tudo o que venho aprendendo com o Bernardo, questionar meu pai sobre a fazenda, voltar atrás nas palavras que trocamos nas cartas. Olho para ele e bebo um copo, dois, três, e a cada gole o sorriso dele alarga. No dia seguinte, ele comentaria que a cidade estava me fazendo bem, na verdade teria comentado, não foi isso que aconteceu, veja bem, nunca é, entre a alegria e o resto da escala de sentimentos a distância é muito pouca.

No quarto copo, notei uma ruga no canto de seus olhos, no quinto sua boca puxava para a direita, no sexto eu já não fazia leitura nítida do que se passava com ele, um homem tão afeito à transparência, e gostei disso, que a cara do meu pai ganhasse, pouco a pouco, a indefinição. No fundo da garrafa, o caranguejo socava o vidro com suas pinças alaranjadas.

Não posso contar a história inteira, não sei quantos copos tomei, se meu pai saiu da mesa sem falar nada ou se disse alguma coisa; eu apreciava o molho pardo ao tempo em que o caranguejo escapava em direção à porta da frente da casa. O que me recordo é dos lençóis de minha antiga cama, estavam encharcados, e, não podendo dormir logo após o jantar, fui até a janela. O caranguejo esperava por mim nas escadas, num terno de linho branco, e caminhamos juntos na poeira azul daquele tempo. Quando dei por mim, estávamos em Esperancinha, na casa em que viviam a menina e a boneca de pano. Ela não estava só, mas com o vaqueiro do meu pai. Uma das mãos dele se fechava em volta dos cabelos dela, com a outra mão ele a imobilizava, certo de que algumas coisas só acontecem de determinadas maneiras, são muitas, mas o corpo dele entendia que precisa de apenas uma posição e cadência para precipitar nela o desassossego, e ela ali, abatida como um céu de inverno quando escalei sua nuca e entrei pelo poro aberto de um fio de cabelo negro.

É preciso usar a arma do outro contra o outro, assim que toquei o punho que segurava meu cabelo com o mesmo ardil com que o vaqueiro costumava segurar o berrante. Tangenciei seus dedos e eles se abriram, então o virei de frente para chamar seus olhos para mim, distanciá-los da fuga em que se encontravam, como podia ser que ele estava em mim, mas não estava? Por que estar com ela e, no entanto, deixar os olhos implodirem para dentro, concentrando todo corpo apenas numa reta, essa forma estranha de viver em busca, incompleto, mesmo estando comigo, com ela, no entanto só, refém no arco de um movimento o coração-em-queda?

Evoquei a dança e a oração em meus dedos, fiz um caminho entre seus pelos para convocá-lo à infância: lá ele escutaria a dupla batida do coração que ouviu quando feto e se esqueceu. Comecei a cantar uma canção de ninar daqueles tempos, metrônomo lento para que ele compusesse uma partitura nossa. Seus olhos abriram, a pele do peito se rasgou, então fiquei por cima para olhar seu interior, uma coleção triste de escombros, pequenos pássaros famintos dentro de uma grande gaiola.

* * *

Das camadas que se sobrepuseram em mim – sou feito de hélices, fragmentos de peles, exoesqueletos deteriorados e pétalas de rosa – a que mais me habita é o hálito do vaqueiro, a respiração da menina, nós três em vértice comum naquela noite. Voltei para casa, madrugada, e o caranguejo havia viajado rumo ao oceano, deixando sua carapaça velha aos meus pés.

Quis que meus pais soubessem das camadas entre mim e eles, sempre me perguntei se as gerações que vêm diluem as precedentes, se reduz nos músculos algum canto antigo que nos fazia fortes e nos ligava indissociavelmente à terra.

Mas que canto, que terra? Os passos dos soldados, os alaridos crus da noite plantam em mim e em Sara melodias do inferno, brotam dentro de nós como caixinhas de música a quem o diabo deu corda. Precisamos chegar até o Destacamento C, a distância não se mede em metros, mas em sons, quantos sons faltam?, um esturro?, dois?, um tiro?, dois?, uma risada?

Tropeço numa risada e dou com a raiz negra de uma Oí, ela me conta que viver é uma questão de distância e tempo. A que distância vi Sara, e o que seria dela se eu tivesse me aproximado trinta graus para a direita? O que ela seria se houvéssemos nos conhecido antes, ou depois, ou nunca; o que seria eu se, nas muitas distâncias existentes, eu escolhesse as erradas (ou as certas) – é mesmo de erros que estamos falando aqui?

* * *

Quando Ernesto nasceu, eu assistia ao pôr do sol no rio das sêdes e pedia em segredo que ele gostasse também dos dias de água.

Sentado à margem, movo os pés e a água turva-se de repente, mas mesmo assim vejo pela primeira vez os olhos escuros de Ernesto e pressinto o abate. Corro ao matadouro, e meu avô está lá de olhos fechados, a planta dos pés na terra, e vindo-vem uma nota aguda longe cortando o caudal do solo, e chega a nota, sobe a planta dos pés e o avô grita. E meu pai sobe a marreta acima da própria cabeça e desce a marreta na cabeça do boi. E o som reverbera oco, e Ernesto, sobre os lençóis vermelhos, ecoa seu primeiro choro. O avô molha a mão nos miolos do bicho e corre ao quarto para marcar a sangue quente a testa do meu irmão.

Escape, Sara, enquanto é tempo. Nascemos para fugir do útero de nossas mães e vivemos na continuação dessa fuga, fuja, Sara, todos os nossos companheiros foram mortos, nem os corpos sobraram, crie uma rota e suma, eu não consigo mais andar, ontem eu conversei com Anahí, eu te falei dela?, ela me estendeu um cantil azul, bebi, desde então não sinto meus pés, minhas mãos, disse Anahí que eles, meu-pés-minhas-mãos estão seguros em alguma outra parte dessa floresta.

Parei de olhar meu reflexo nos igarapés, se meus-pés-minhas-mãos foram-se, mesmo temporariamente, o que mais pode ter ido? E se foi algo de que preciso para esperar enquanto isso passa, esses helicópteros sobrevoando as clareiras, as picadas, e se os murmúrios da noite tiverem se transformado em minha cara e eu ache que ela é um inimigo enquanto a fome me grassa outras partes, outras faces que tive nesses caminhos escurecidos, Anahí tem treze anos ainda em minha memória, Anahí-fantasma, as mãos e pés aqui na mata existem?

Ontem macerei três castanhas numa pedra e misturei água, tomei o leite e recordei do cheiro de Ernesto, meus cabelos empapados pelo leite de minha mãe, o couro amarronzado dela em minha boca e eu a sugar sem saber que aquele leite era a separação, me faria crescer e não estar mais junto dela, do couro-boca, protegido do calor por uma fralda no rosto, ela percorria as ruas e levantava o tecido fino como gaze para me mostrar às pessoas: este é meu filho, o filho do meu leite.

Seu couro é como o dela, Sara, não se engane. Sua pele é um disfarce, toque a ponta de seus seios, como me mostrou Anahí faz muito tempo com a ponta dos meus dedos, ela os acoplou à palma da mão para me revelar a penugem fina véu que atrai os homens, você tem isso, pode tomar um banho no rio e arrumar uma roupa emprestada, achar um soldado que consiga ver o que você tenha sido antes; se ele for capaz de entrever a penugem, a fina camada que anuncia na imaginação o couro na ponta dos seus peitos, talvez você consiga escapar.

Fecho os olhos e a menina da boneca, agora uma moça, exibe um longo pedaço côncavo de couro entre as pernas, duas tiras a se alongar em dois lábios no lado de fora, separados e abertos. Meu pai tira o cinto, ela está de costas olhando para a parede, ele olha as ancas, avalia, aperta, introduz os dedos na greta e leva-os ao nariz, lambe-os, enfia-os no couro, cospe na mão, entra, ahhh, raspa a barba no pescoço dela, resfolega.

Em Ordem e progresso, minha mãe pila castanhas, minhas irmãs e suas saias rodadas repisam a terra úmida onde serão plantadas as sementes, os porcos as patas na lama, o pistilo a fazer caldo no fundo do pilão, o leite de castanha comporá o doce servido mais tarde quando meu pai voltar de Esperancinha com o cheiro que minha mãe conhece, todos nós comemos em volta da mesa, foi naquele dia em que voltei a Ordem e progresso, entreguei a renda que comprei e ela ficou alisando o tecido.

*　*　*

Na época da fazenda, vez ou outra eu ria, do nada. Meu pai me perguntava por que, e como ele gostava de piadas de pretos, eu decorava várias para esses momentos em que as gargalhadas me escapavam sem que eu conseguisse fazer nada, não eram como as lágrimas, o ar eu nunca consegui conter.

Acho que todo riso esconde um segredo. Assim como o número de respirações, nascemos com um certo número de risadas, estão atrás das portas enquanto nos vestimos ou escondidas nos lençóis em que fazemos sexo. Ri no ônibus ao ir embora de Ordem e progresso, ri quando Anahí não voltou, rio quando na praia, a vinte metros de mim, uma fila de latas de molho de tomate aguarda os disparos da 38, eu e cinco companheiros disputamos a atenção do instrutor, estamos prontos, não vamos amarelar quando chegar a hora, ainda que não soubéssemos bem que hora era aquela, apenas que a vitória seria nossa.

Essa frase repetida à exaustão – a vitória será nossa – não fez parte de 1963. Fizesse, eu não estaria me recordando com saudade. Em 1963, os livros que Sara me emprestava acumulavam-se na escrivaninha, eu subia as escadarias do colégio correndo quando o sinal tocava, dois ou três títulos embaixo do braço, mal eu os devolvia e Sara me emprestava mais dois, três, quatro.

Em um ano, li toda a biblioteca do pai dela, agora vamos conversar de igual para igual, ela disse, e passou a almoçar na minha casa quase todos os dias, às vezes passava cedo para que fôssemos juntos ao colégio; aos fins de semana, mesmo que eu não a convidasse, Sara aparecia. Eu gostava muito das nossas discussões, mas também apreciava ficar sozinho, nesse tempo comecei a escrever regularmente e, às vezes, Sara irrompia meu quarto e atravessava meu texto.

Eu deixava o papel de lado, movia as folhas rapidamente para dentro da gaveta, mas ela percebia e arrancava elas de mim. Deitava na cama de bruços, com os pés para o alto, e começava a criticar meus poemas, meu pai disse que poesia boa fala da realidade, isso aqui é bobagem, só serve pra distrair do que importa. E o que importa, Sara? Eu não sei, mas hoje de manhã ele trouxe outro armário pra casa, colocou vários livros lá dentro e trancou. Eu não me importo com os livros novos do seu pai, você vai me desculpar, o que ele sabe tanto se nem professor é? Sara continuou dando pitaco como se eu não tivesse falado nada. Quando foi embora, fiz uma bola de papel com a folha rasurada e a joguei no jardim. Na hora do café, tia Adelina desamassou o papel e disse que falaria com a direção do colégio, minha poesia era muito bonita, lembra as serenatas da minha juventude, e as correções dessa professora tiram toda a graça do texto! Então eu soube que Sara tinha razão.

Nunca que contaria isso a ela, mas quase contei. Um dia na mata, quando já estávamos há um tempo sem falar, percebi que Sara tinha medo pelo jeito com que pisava, um farfalhar abafado nas folhas, os pés moviam-se mais rentes ao chão do que de costume. Além do som do medo, descobri o som da tristeza, um assobio quase inaudível quando ela sorvia a água dos igarapés. Esses sons, alfabeto do corpo-natureza, ganhavam complexidade dia após dia, de forma que eu vigiava o tempo inteiro cada movimento de Sara.

No Berocan, chamávamos os dias em que estávamos menos tristes de alegres, presas alegres diante do sol de Ícaro que eram os soldados, cavo a terra onde havia um depósito; à velocidade das minhas mãos, a terra cavoucada diz: quantos somos?, quantos já capturaram?, às vezes tenho vontade de quebrar as pernas da Sara por causa daqueles livros do pai dela, eu só preciso resistir mais um pouquinho, a resina da samaúma me desce a nuca, o suor esfria o corpo, um vento leve passa pela copa das árvores, se eles me pegarem eu prefiro morrer a entregar alguém, mas não, ainda não, volto a 1963 e às palavras, as minhas, as de Sara, e às palavras trancadas no armário de Seu Altino.

Sara franziu a testa diante do chaveiro, ia se dar mal quando o pai chegasse em casa e não encontrasse a chave do armário, precisava restituí-la porque ele bebe e meu pai é um homem bom, como o senhor, mas quando bebe esquece que sou filha dele. O chaveiro interrompe a conversa, diante de nós cinquenta títulos novos: Lênin, Karl Marx, Mao Tsé-Tung; tiramos um livro por vez, primeiro os que estão no fundo, ou mais embaixo, cuidado para não tirar eles da ordem, papai é sistemático, *O manifesto comunista* me vem às mãos, perdemos a noção da hora, quando seu Altino chega, onde está a sua mãe e a sua irmã? Não sei, pai, e você está sozinha com um homem dentro de casa?

* * *

Minha tia convidou seu Altino para almoçar, o que eu tinha feito era muito grave, não se fica sozinho com uma moça sem o consentimento dos pais, ainda mais com 15 anos.

Sara não fazia caso das brincadeiras nem negava quando as pessoas me intitulavam seu namorado. Às vezes, dava um sorriso, baixava os olhos, mas quando levantava a cabeça sobrava um pouco do sorriso no canto da boca, uma documentação oculta na pele que deve subsistir também em meu rosto. Se eu me olhar nos espelhos dos igarapés, será que consigo encontrar algum traço de alegria daquele tempo, das macarronadas de domingo, Seu Altino contando do sindicato, o que estavam conseguindo por lá com as greves? No campo é diferente, meu pai fala e os homens obedecem, é assim desde que o mundo é mundo, completava meu tio, ao que seu Altino dizia que assim queriam os burgueses que pensássemos, que nos resignássemos. E meu pai? Continuará combatendo pragas, as doenças dos animais, o mau tempo? Ainda atrás dos melhores reprodutores, da colheita farta?, basta tratar o solo com os minerais certos e a safra será boa, progresso-ordem-desenvolvimento, desenvolvimento-ordem-progresso.

Progresso, para o seu Altino, era outra coisa. Ele falava de História, da tecnologia a fomentar o parque industrial do país, da importância das siderúrgicas nesse processo, mas o lucro fica na mão de poucos, os que trabalham de verdade não têm acesso a quase nada. Eu nunca havia pensado nisso, os peões lá na fazenda não eram de reclamar. O macarrão esfriava enquanto eu crivava Seu Altino de perguntas.

Meu tio disse para eu não enfiar o nariz onde não devia, seu Altino me convidou para ir à sua casa conversar e no dia seguinte eu estava lá, me espantava um homem que trabalhava para alguém falar todas aquelas coisas; na fazenda os peões só deixavam de ser mudos pra comer, falar de mulher, bebida, futebol e da vida dos outros.

* * *

Mamãe dizia não, e meu pai saía porta do quarto afora, a tez crispada, a respiração acelerada, e ao primeiro a encontrar no caminho expedia ordens, passava o indicador nos móveis, levantava a tampa das panelas e cheirava, percorria em revista os quartos, eu o seguia cautelosamente pelos cantos, pelos corredores, esperava que berrasse meu nome, vamos na viúva do Inácio que você precisa aprender a vida, esses livros aí não ensinam ninguém a ser homem.

A casa da viúva compunha-se de quatro paredes batidas, um toco de sentar, duas esteiras de palha e uma térmica com café ralo servido cheio de pompas ao meu pai. Na mão dele, o caderninho de contas, já são dois meses que você me deve, vim saber como pretende me pagar. Quem cobrava o pessoal da lida era o João da Berne, mas nos dias de terra, odor telúrico pela casa, as ventas abertas por alguma inquietação, meu pai passava de casa em casa em frases curtas, tomava um gole do café, se houvesse, e jogava o resto na terra batida.

Na maioria das vezes, eu corria ao quarto de minha mãe e me escondia, e ela sorria, a barriga começando o despontar de Ernesto, Nilse Naves possuía o sorriso mais triste que conheci, em fronteira com a ternura para ignorar as ventas de meu pai, às vezes ele me esquecia nesses dias, às vezes não, gritava meu nome e eu já sabia quantas e quais palavras ouviria nos barracos ao redor da fazenda.

Não tem desculpa que seu marido era bom pagador, então pra continuar aqui não precisa nem mais nem menos, mas o justo, e essa menina quantos anos tem? Vem aqui com o tio.

A boneca de pano, os olhos azuis. Mesmo depois, quando a senhora anzóis na boca me apresentou a menina; mesmo depois, quando fomos eu ela e vaqueiro; mesmo nessas vezes e dentro da mata a lembrar o esfolamento do couro; mesmo nessas tantas vezes eu nunca guardei o rosto dela, guardei apenas o da boneca e da mão do meu pai na mão pequena, dizendo à mãe que levaria a criança para Esperancinha quando chegasse a hora certa.

* * *

O barulho existe independentemente do ouvido. Quantos tiros foram disparados no Berocan enquanto pessoas sorriam e amavam displicentemente a quilômetros de distância? Pelo visto só se ouve quando o barulho está próximo, mas os sons têm vida própria, risos e conversas de bar chegaram a mim na mata, mesmo distantes, não pelos ouvidos, mas chegaram, tudo chega, ainda que se queira ignorar tiros ou um orgasmo feliz no apartamento de cima, porque não se trata dos tímpanos, cada vibração no mundo se instala em nós à revelia e vira ou ilusão ou desespero.

Os pés da mãe de Sara batendo nos pedais da máquina de costura. Tlec saltos quadrados da filha nos paralelepípedos da rua. Sara me pedia para ir ao cinema, passear no parque, eu ia buscá-la; se o pai estava lá, tomávamos café e voltávamos a falar de onde havíamos parado, ou melhor, de onde ele havia parado, então Sara aparecia com um de seus vestidos, eu olhava com desdém para a gola, para os sapatos, ela subia e se arrumava novamente. No cinema, me distraía com o que ele havia me dito, Sara apertava sua mão esquerda na minha, depois me perguntava, enquanto caminhávamos até o bonde, se eu tinha gostado do filme.

Eu já havia lido alguns dos livros que Seu Altino citava, mas não podia dizer a ele, era segredo que tivéssemos a chave dos armários, era segredo quando Sara, na esquina de casa, embaixo de um abacateiro, pressionava os lábios nos meus e envolvia meu pescoço, descendo as mãos pelas minhas costas, por dentro da camisa, a língua forçando minha boca, as mãos levando as minhas a tocarem sua cintura, me incentivando a ir para baixo, Sara, eu preciso ir.

Nunca mais sonhei com cobras; nessa época, o sonho recorrente era eu numa praia vazia, nuvens escuras, ondas gigantes ameaçavam me engolir quando eu me aproximava da linha em que quebravam. Acontecia sempre o mesmo. Eu me aproximava do mar e as ondas ganhavam força; me afastava e elas se acalmavam. Então me sentava na areia, fechava os olhos e, ao abri-los, havia uma ostra gigante a meus pés, sem pérola, apenas carne mole e salgada, com uma colher equilibrada nas bordas. Estranho é que eu nunca tinha visto ostras, desenhei-as num caderno e mostrei para a minha tia, são ostras, ela disse, tem sabor do quê?, mas ela também nunca tinha provado.

Um dia uma frase saiu sem querer quando eu e seu Altino almoçávamos. Ele quis saber onde eu havia aprendido sobre a mais-valia, respondi no colégio, mas ele conhecia o professor

Paulo, ele não tem capacidade pra entender nem bula de remédio, mas ele é um professor de História!, e daí? Só reproduz versões falsificadas, o que ele ensinou sobre o desbravamento do país?, que foi feito por homens corajosos, há quadros deles, com o peito aberto, espadas na mão e botinas enceradas, e o que te faz pensar que eles eram assim mesmo?, não são?, ninguém nunca é o que parece, Pedro. Para o bem ou para o mal, ou para os dois, ninguém nunca é o que parece. Seu Altino destrancou o armário enquanto eu fingia nunca ter visto sua biblioteca oculta, veja bem, olhe para esses homens, são os mesmos que o professor Paulo disse que conquistaram o interior, essa é uma reprodução fiel: eles andavam descalços, não usavam floretes, eram guiados pelos índios dentro das matas, naquele calor dos infernos ninguém usaria casacas, preste atenção no tom da pele, quem anda de sol a sol, dias a fio, não pode ser tão branco nem ter essa cara de rei. Por que foram pintados assim, então? Por que seriam pintados de outra forma? Porque seria a verdade. Ah, Pedro...

Passamos a tarde discutindo a construção da grande cidade do país, como evocaram um passado glorioso para justificar a primazia de uma classe, quadros foram encomendados, com desbravadores não mais em farrapos, assolados às vezes pela fome, mas heróis, em versão branca e limpa, é preciso sempre olhar a sombra, analise o verso do que uma imagem ou uma palavra contam, há também ali uma história, Sara chegou em casa e empalideceu diante do armário aberto, desculpe, nós não fizemos por mal, pai. Quase nunca é por mal, Sara.

Outro dia me peguei pensando por que Seu Altino escondia aqueles livros em 1963, quando ainda não eram proibidos, talvez ele tenha – como Picasso – previsto o que viria, livros-Guernica; desde aquele dia, eu, ele e Sara montamos um grupo de estudos, se errávamos uma informação a respeito de uma obra éramos obrigados a ler novamente, um trecho mal compreendido corrompe a narrativa, eu encontrava em outra boca um ensinamento do Padre Neto: o pensamento precisa ser puro, sem manchas, pecam os olhos, as mãos e a boca, orai e vigiai, leia, leia, leia.

Conheça a verdade, e ela vos libertará. De que lado estamos senão ao lado dela, e se estamos todos, onde afinal ela está? Eu e Sara passamos a acompanhar seu Altino nas reuniões do sindicato; nos slides, Stálin em pedra e sua mão direita estendida, a esquerda encostada no peito. Descansava em sua cabeça um pequeno pombo cinza.

* * *

Antes de ir ao cinema com Sara, eu comprava um saco de balas mentoladas. Nunca mais consegui lembrar o nome. Ainda presto atenção nos baleiros para ver se reencontro aquele gosto, mas nunca tive sorte. Era verde e branca a embalagem, com o desenho de um menino de perfil e, logo abaixo, o nome da bala, congelo a imagem para ver se as letras aparecem, Pitá, Pitomba, Pitiu, começava com P, mas não era isso, enfim, não interessa, minha memória não anda lá essas coisas, passo horas pra lembrar o nome de uma pessoa, uma rua, uma embalagem, quando não faz a menor diferença.

Sara tinha um sutiã verde claro, de renda, da cor exata da embalagem das balas, ela leva minhas mãos para o meio de suas costas, abro o sutiã com cautela e despontam de lá duas maçãs amarelas, toco com cuidado, a respiração dela rápida, abro a boca diante dos olhos assustados, minha língua percorre os mamilos.

Sentada no sofá, ela comprime meus dedos quando eu alcanço a lateral de suas coxas e desço a calcinha branca de algodão. A gente não pode, Pedro, tem de casar primeiro, eu só quero olhar, Sara, e você vai deixar porque eu falei que era pra você não encostar em mim e você encostou, e agora fica quieta porque a gente só tem meia hora antes de o seu pai chegar. Abro as pernas de Sara e ela fecha os olhos, aproximo o nariz de seus pelos, cheiro de cominho, lanço a ponta da língua pela fresta, suas pernas se fecham em meu pescoço, afasto-as de novo, chega, Pedro, minhas mãos travam seus joelhos, a carne rosa uma boca.

Toco as maçãs insolentes, recosto Sara de bruços no sofá e digo que una as coxas. No desenho de suas costas, a curva fina no fim da coluna se transforma em cóccix e afunda embaixo. Fica quietinha. As coxas unidas formam uma linha vertical próxima às meias-luas, me coloco ali e dói, afasta mais um pouco, tenho medo de engravidar, é entre as coxas, Sara está chorando, sei mesmo sem olhar para o seu rosto.

As coxas se afastam, o espaço entre elas aumenta e faz com que eu me perca, Sara tenta se virar. Agarro as laterais da bunda e, acima da boca rosada, se desvela outro centro, circular e delicado. Fecho minha mão direita em seu ombro. Ela diz que dói, voz longe, vem de outro lugar. Termino, volto a mim e viro Sara de frente, os olhos vermelhos. Será que assim não engravida? Não, e isso não precisava acontecer, eu te avisei.

Passamos dois meses sem nos falar e se aquele silêncio tivesse se prolongado para sempre, talvez eu ainda fosse o antigo Pedro, sem Sara muito teria sido diferente, eu não sabia como me comportar quando nos cruzávamos no colégio, Seu Altino passou em casa para saber se eu estava bem, me levou um livro, tomamos café com leite e comemos pão, calados. À noite, eu me lembrava de quando estava dentro dela, no meio do jantar, e não conseguia comer, lembrava antes de dormir, então tapava o quadro de Jesus Cristo e tentava escrever.

Acabei contando para o Bernardo o que tinha acontecido, foi bom?, eu só queria terminar, e ele sorriu, não tinha transado ainda, dois meses depois perderia a virgindade com a empregada e contaria dos peitos maravilhosos dela, da cintura. Assim falávamos todos, das partes das mulheres em que deixávamos nossas digitais, e eu só enxergava isso quando andava pela escola, pelas ruas, bocetas e bocetas pra deixar minhas digitais.

* * *

Sara deixou um bilhete embaixo da minha carteira, não devia ter me provocado, agiu mal, mas gostava de mim e sentia a minha falta, assim como Seu Altino, ele havia elaborado uma ficha de estudos do *Livro Vermelho* de Mao Tsé-Tung, passa lá à tarde para estudarmos juntos, mamãe fez doce de goiaba do jeito que você gosta, de forma que voltei às boas com Sara e nunca mais tocamos no assunto, foi como se não tivesse acontecido e, quando um dia ela tentou me beijar no cinema, eu disse que assim não dava e viramos apenas amigos.

Ela detestava ir aos sindicatos, fique em casa então ou vá passear com suas amigas, mas Sara trancava a cara e se arrumava, eu, ela e seu Altino pegávamos o lotação para ouvir homens suados e de barba dizerem que em breve sairia a reforma agrária, os trabalhadores estavam se fortalecendo, não abriríamos mais as pernas para os imperialistas, seríamos, até que enfim, um país decente.

Depois das palestras, havia sempre um almoço ou um lanche para as lideranças, Seu Altino se sentava próximo à cabeceira da mesa, à minha frente arroz, feijão, frango assado, precisamos apoiar o comício, já alugamos mais de dez ônibus para levar o pessoal, você garante a sua base?, eu garanto a minha. Aquele léxico, aqueles conceitos deturpados de Marx em concordâncias erradas... Queria levantar a mão e expor os erros; no ônibus, ao voltar para casa, seu Altino me dizia que eu não devia me sentir superior por dominar a teoria, é o povo quem vai fazer a revolução.

Escrevi para meu pai contando das notas no colégio, dos bairros que conheci, na esquina de casa havia uma loja de ração que vendia galinhas pequenas, diferentes das nossas, fiz amizade com o dono e ele me vende mais barato, no quintal temos cinco galinhas e um galo, em breve teremos ovos, tia Adelina ficou feliz, não sei ainda que faculdade vou fazer, tenho tempo, continuo namorando Sara, contei a ela como é o trabalho na fazenda, quem sabe não voltamos juntos quando eu me formar, Sara tem cabelos e olhos castanhos, é parecida com a mãe, sabe cozinhar. Tenho guardadas ainda todas as cartas de meu pai, assim como as minhas, as quais mimeografava antes de enviar. Quando ele me respondia, anexava sua carta à minha anterior, formando pares dentro de envelopes datados que guardava num baú embaixo da cama. Levei algumas para o Berocan; eu também escrevia para minha mãe, mas não sei onde as cartas foram parar. Eu não conseguia reler o que enviava pra ela.

Altamir Naves continuava amaldiçoando quem falasse em reforma agrária, estou limpando as armas, se isso acontecer defenderemos nossa terra, você volta e vamos mostrar a esses vagabundos que não é assim, ninguém vai apagar a história da nossa família, fiquei sabendo que esse pessoal da cidade, que está vindo com essa conversa, é comunista, eles não acreditam em Deus, não têm respeito pela família, o Padre Neto falou na última missa sobre Sodoma e Gomorra.

A ordem é importante, se não houver ordem não há respeito e, sem respeito, não há dignidade. Seu avô foi um homem ordeiro, quando jogava a carabina nas costas e ia pra mata, eu e meus irmãos sabíamos que podia demorar o que fosse, ele não voltava de mãos vazias porque não tinha medo do trabalho, se queria ouro, voltava com ouro, se era pra caçar, caçava. Era briga pra trabalhar com ele porque, quando estava no comando, ninguém morria nem voltava de mãos abanando. Sabia conduzir, era uma característica dele, agora vêm esses comunistas dizerem que a terra é de todo mundo, imagina se tomar frente é pra qualquer um, pior, imagina não ter ninguém tomando a frente, só um governo de gente do povo.

Eu não vou ficar amolando sua cabeça com essas coisas, já que resolveu estudar que estude, eu e sua mãe queremos conhecer a Sara, parece uma moça boa, mas sua tia disse que vocês não estavam mais namorando, sua mãe ficou triste porque ela já estava comigo aos 15 anos, pediu pra te falar que ia ser muito romântico se você também se casasse com uma moça que conheceu nessa idade.

Anda até bordando uns lençóis, umas fronhas, a sua mãe se adianta, o Ernesto está falando bem, acho que não lembra tanto de você, pra isso você precisa vir mais, mas ensinamos ele a falar seu nome, dizemos: seu irmão está estudando e em breve volta pra te ensinar muitas coisas. Acabei de comprar dois reprodutores dos bons pra cá, você precisa ver. A primeira coisa que faço no dia é ir lá ver eles, os bichos têm um cheiro forte que é uma beleza.

Não respondi, era quase Natal, logo estaria lá para ver os bois novos e Ernesto. No ônibus, uma velha senhora se sentou ao meu lado e me perguntou da família, disse que era um Naves e ela ajeitou os cabelos, contou que o filho era um rapaz parrudo, se estivéssemos precisando de alguém, ele daria conta, só precisava de uma oportunidade, depois da parada voltou com um pacote de biscoitos, toma, é presente, olhei para seu sapato direito e notei um furo.

* * *

Minha mãe quis saber por que eu e Sara não tínhamos dado certo, se era uma moça boa não devia ter acabado o namoro, e eu não soube precisar o porquê. Hoje, olhando minha vida em retrospecto, tenho a impressão de que a bondade fazia dela uma toada monocórdia, eu podia sempre esperar o melhor e, em vez disso me fazer feliz, me entediava.

De vez em quando eu pensava que, adulto, encontraria alguém com quem pudesse dormir na rede depois do almoço, construir um pequeno acervo de prazeres cotidianos. Minha mãe e meu pai se davam bem apesar de; hoje eu sei que qualquer encontro na vida se trata de apesar de, até que, mas naquela época eu ainda acreditava, Lina, Letícia, eu ouvia os risinhos delas pelos quartos, a alegria quando eu levava as fazendas pras saias e vestidos novos, Lina sentada na sala de casa com um rapaz chamado Thiago, meu pai em frente fazendo perguntas e mais perguntas, mamãe levando os refrescos e Letícia mal-humorada num canto.

Eu jogava futebol com Thiago, ele era filho do farmacêutico de Ordem e progresso. Thiago chutava com as duas pernas, movia o corpo veloz para a direita e para a esquerda, os jogadores ficavam desorientados, ninguém previa seus movimentos, quando fazia gol, caía de joelhos e deslizava dois metros arrancando tufos da grama do Campinho do Norte. Erguia os braços para comemorar, ficavam à mostra as costelas, os meninos pulavam em cima, ele saía da pilha como um César para se mover na minha direção novamente e fazer mais um gol.

Muitos anos depois, encontrei o João e perguntei a ele de

Thiago, foi buscar serviço de pedreiro na cidade, casou, tem três filhos, nossa, como ele era bom de bola, era mesmo, ele contava umas piadas boas, disso eu não me lembro, como não lembra?, não lembro, lembro que ninguém gostava dele, como assim ninguém gostava?, ninguém gostava, Pedro, ele se achava o rei da cocada, mas fazia sucesso com as meninas, ah, isso ele fazia, ele não namorou a sua irmã?

Sara ficaria bonita com os vestidos da Lina, agora a boca seca o seio seco o quadril seco, divido com ela o que recolhi num palmiteiro e tenho de insistir para que coma, a calça está no último buraco do cinto, a camisa não sei por que ainda mantenho sobre o corpo esburacada, três palmitos é o que temos para hoje, mas os parcos nutrientes me permitem divisar Thiago numa das esquinas da mata, ele tem 15 anos.

O João não se lembra das suas piadas, que piadas?, as que você contava depois do jogo, você está me confundindo com o Branquinho, que Branquinho?, era um cara vesgo que não acertava uma. Thiago, segundo ele mesmo, não fazia piadas, mas se era um tal de Branquinho quem fazia piadas, minha memória está errada, passei muitos anos lembrando das piadas que você nunca contou.

Abra a sua mão, ele me disse, e deixe o pequeno respirar. Em minha mão direita, havia outro Thiago de quatro centímetros com minicostelas aparentes, afaguei seus cabelinhos, ele espirrou, imaginei que estivesse com frio, assim sem camisa, então o deitei no corpo de uma mimo-de-vênus, ele olhou para mim e para o Thiago Grande e perguntou se podia contar uma piada.

Não se sabe como, mas um turco conseguiu pegar dinheiro emprestado de um judeu. Acontece que o turco nunca pagava suas dívidas, e o judeu nunca deixava de receber o que lhe deviam. O tempo passa, o turco enrolando e o judeu atrás dele. Um dia, eles se cruzam no bar de um português e começam a discutir. O turco, encurralado, pega um revólver, encosta na cabeça e diz: "Eu posso ir para o inferno, mas não pago essa dívida!". Puxa o gatilho e cai morto. O judeu não deixa por menos. Pega o revólver do chão, encosta na cabeça e diz: "Eu vou receber essa dívida nem que seja no inferno!". Puxa o gatilho e cai morto. O português, que observava tudo, pega o revólver do chão, encosta na cabeça e diz: "Pois eu não perco essa briga por nada!".

Nossa, como eu senti saudade das suas piadas. Se eu tivesse uma camisa, te emprestava, espero que você não se resfrie. Não tem como ele se resfriar. Claro que tem, qualquer sopro em cima dele é uma ventania, vá, se ajeite melhor dentro da flor.

Você já viu um menino de quatro centímetros? Eu falei apenas para você tirá-lo da mão e deixá-lo respirar, não para conversar com ele. Eu senti saudade, ele conta piadas, depois que descansar pode contar mais uma para a gente, você pode ouvir também se quiser, mas caso não queira, vá embora, não tem problema. Eu vou então, queria relembrar nosso tempo de menino, a gente fazia meinha no banheiro do colégio, eu nunca fiz meinha com ninguém.

Quando sair daqui, vou comprar uma mesa de pebolim pro Thiago, é só remover um dos bonecos para ele jogar, não, a bola vai bater na cintura dele, melhor fazer um campo de futebol em miniatura, o sono vem, Thiago sai da flor, suado como nos jogos, aproxima-se dos cílios do meu olho direito, passa pela abertura. Acordo com a umidade das lágrimas, tenho um cisco no olho, não consigo enxergar, Thiago, acorda, me ajuda, ouço sua voz atrás do meu nariz, se acalma, fecha os olhos, vou cantar uma canção para você dormir.

* * *

Meu nome e o de Sara no mural da faculdade de Letras, o primeiro dia de aula, *Vidas Secas* que peguei emprestado na biblioteca e nunca devolvi, ele tem um número gravado na lombada, 758, que indica a prateleira para onde deveria ter voltado se não tivesse ido comigo ao Berocan em 1969 e lá se perdido.

Na biblioteca da faculdade, as prateleiras ainda são organizadas como há tantos anos. Fui dar uma palestra no auditório, e a repórter do jornal pediu que eu posasse para uma foto num lugar de que gostasse, entrei no corredor, senti o cheiro da chuva açoitando minhas costas quando saía da mata e caminhava entre um vilarejo e outro para visitar os vizinhos distantes, ei, vocês dois, vão até Cocalinho, conheçam o povo, façam amizade, na hora certa educaremos essa gente, eles precisam saber que não estão sós.

A repórter perguntou se eu estava bem quando apoiei minha mão direita na parede e o piso da faculdade se transformou num chão de folhas. Corri. As pessoas me reconhecem, são alunos e professores, não, são militares disfarçados, vieram aqui para fazer um levantamento de quem somos, de quantos somos, não confiem em ninguém, a repórter corre atrás de mim perguntando se estou bem, o que aconteceu?, chego à biblioteca e percorro as prateleiras até encontrar. Os livros 757 e o 759 estão apoiados no outro como se nunca houvera entre eles *Vidas Secas*.

Como, depois de tanto tempo, ainda arquivam os livros assim? Mocinha, desde 1967 os números são os mesmos nessas lombadas, falta um título de Graciliano Ramos entre estes dois aqui, *Vidas Secas* sumiu desta biblioteca em 1968 e isso não fez a menor diferença.

* * *

Um dia contei a Bernardo: eu e Sara frequentamos as reuniões do sindicato. Ele se alvoroça, pede para ir junto, quer tomar parte nas nossas leituras, conhecer homens que se organizam, os homens não sabem muita coisa, usam as concordâncias erradas, mas de nada valem meus argumentos nem minhas fugas no colégio quando desço as escadas e ele lá está, quando entro na sala e ele aponta uma carteira vazia para que eu me sente ao seu lado e eu me sento, a olhar para a frente, vendo com o canto do olho a mão estendida de Bernardo que me passa um bilhete.

Bernardo lia muito, era, afinal, o editor do *Jornal do Grêmio*. Recebia dele, todas as semanas, o papel com meu texto corrigido, sempre canetado de vermelho, não na pontuação ou na ortografia, que nisso eu não errava. Em xeque estavam meus verbos, os que diminuíam qualquer coisa relativa ao homem do campo; se fazia prosa, e ali colocava um personagem de função miúda, era ele quem eu devia exaltar, e ai se me desviasse para a casa da fazenda. Sara concordava com as correções, já te disse, você precisa parar de pensar que nem um burguês.

Nunca contestei as emendas de Bernardo, mas não conseguia preterir aqueles vocábulos; na responsabilidade de defendê-los, fazia filas de palavras censuradas nas linhas terminais do caderno. As palavras que haviam sido aceitas não importavam, e sim as que ficavam de fora, elas tinham peso, talvez confabulassem, talvez eu fosse o presidente de uma seita, a seita das palavras inadequadas.

Se Bernardo não me canetasse, seria até bom ter um amigo para sentar ao meu lado no ônibus, comentaríamos como as casas se enfeavam no caminho para o sindicato, conforme avançávamos para bairros muito pobres. Perdiam a pintura no avançar das ruas, mostravam concreto, reboco, tijolos, casas sem pele, expostas à chuva, água diluindo esgoto que corria a céu aberto pelas valas. Nunca senti vontade de comentar esse tipo de coisa com Sara.

Ao cabo de um mês, não havia mais o que fazer, eu já não conseguia me desviar de Bernardo. Na semana anterior à minha rendição, ele me disse que eu não precisava mais escrever para o jornal, chamei fulano de tal para escrever no seu lugar, assim, sem mais nem menos, então entendi que precisava de Bernardo não porque gostasse muito dele, mas por estar habituado a que ele me riscasse determinadas palavras, para que então eu as transpusesse para o fundo do meu caderno e fosse preciso decidir, em algum momento, o destino delas.

Insisti com Seu Altino que não devíamos esperá-lo, eu combinei às 13h e já são 13h30, mas o pai de Sara respondeu que os jovens sempre se atrasam, há que ter paciência com o tempo de vocês, é outro, eu e Sara de olho na esquina, então os pés compridos do Bernardo embicaram, o ônibus chegou quase ao mesmo tempo, e deu que Sara sentou ao meu lado no banco e Seu Altino ao lado dele.

Eu esticava o ouvido para o que conversavam, enquanto Sara me contava da programação do cinema, o que veríamos, se podia chamar duas amigas do colégio, Seu Altino, há quanto tempo o senhor frequenta o sindicato?, a Dora e a Amelinha, você gosta delas, não gosta?, ah, meu filho, muito tempo, mas por que seu interesse nisso?, Pedro, posso chamar elas então?, desde que eu li Marx, eu entendi que precisava fazer alguma coisa. Pedro? Sara, chama quem você quiser, que saco!

Naquele dia, viramos quatro. Passei a me esmerar nos estudos teóricos para tentar extrair o suco de alguma coisa que passasse despercebida ao Bernardo, pois Seu Altino fazia as perguntas mais difíceis pra ele, e só fui entender o motivo quando alguns meses depois o pai de Sara pediu que ele falasse aos homens, eu e Sara que nem dois jumentos na plateia, enquanto o Bernardo discursava todo empolado sobre justiça social e sentava ao lado do Seu Altino no ônibus da volta, posso chamar a Amélia pra ir no cinema com a gente, Pedro?

Talvez Bernardo tenha me levado ao Berocan, talvez as palavras censuradas tenham me levado à mata fechada, à escuridão conspirada pelas copas das árvores a partir das quatro da tarde, quando não podíamos mais andar por não podermos sequer riscar um fósforo sem que ele nos denunciasse aos soldados, quando não podíamos mais esquentar os alimentos e comíamos castanhas e frutas a controlar até o barulho que faziam na traqueia, quando não podíamos poder mais nada até que a mata clareasse e soubéssemos que tínhamos vencido mais um dia e que esse dia a mais significava que estávamos ainda mais próximos da revolução.

* * *

Minha tia me serve um doce de caju e minhas pernas se encolhem debaixo da mesa. Minhas pernas têm sete anos de idade, agradeço tia Adelina e ela reage normalmente ao fio de voz que me sai, a aguda voz da infância. Dentro da minha grande mão mora outra, pequena, enxergo a extensão da palma, é de um homem aos 18 anos de idade, mas essa palma adulta está morta, deixa vibrar dentro dela a mão que ainda me sustenta.

Me assalta o corpo uma febre, vontade de correr como na infância. Não era preciso saber para onde ir naquela época, bastava me colocar para a direita ou para a esquerda, para frente ou para trás. Meus passos não se comprometiam com destino certo; quando eu brincava, eles se justificavam sem pretender qualquer coisa. Como transgredia meu corpo por não caber em propósitos aos quais se apegam agora, correr por estar atrasado, correr para perder alguns quilos, hoje eu submeto meus pés a finalidades precárias e me esqueço de que ele soube ser feliz antigamente.

Pulo na cama, ela range. Temo quebrar o estrado, mas o movimento não depende de mim, meus pés estão no comando sem que a mente os coaja, se tia Adelina entrar, verá um homem feito a pular como dez anos antes. Canso, entardece. Embaixo do chuveiro, o pequeno corpo míngua e vai embora; o grande não retoma seu lugar. Minha tia bate à porta, é hora da janta, finjo que durmo, venha comer alguma coisa. Quero levantar, mas o colchão é terra úmida. Desço e desço, a terra molhada a se desfazer aos poucos de seus grãos até que sobra apenas água, e eu nado, nadonadonado, me encosto na lama grossa onde se esconde o caranguejo, aquele, de Ordem e progresso.

Meu chapa, é melhor você começar a falar. Antes que eu fale, me descem a cabeça à tina d'água novamente; no fundo, o caranguejo sussurra Sara, Bernardo, Seu Altino, está tudo perdido mesmo, entregue Sara, Bernardo, Seu Altino. Não sei que voz de mim rebenta, se a dos sete ou a daquele momento, aos vinte anos, fala pra fora, porra, deve ser a dos sete. Meu pescoço pende quando me sentam na cadeira, vamos ver se agora você fala, colocam sal na minha boca, tia, me acorda, isso aqui funciona assim, terrorista, você não é valentão?, então primeiro você vai se cagar todo.

Prendem meus pulsos numa correia de couro de boi. Boi, boi, boi, boi da cara preta, que me prende os pulsos ao encosto da cadeira... Boi, bo, b... Ele tá cantando, esse filho da puta? Gira mais aí, então, coloca ele pra fritar!

* * *

Mesmo quando parece que não, a alegria é sempre anacrônica. Sou acordado pelas mãos delicadas da minha tia, venha jantar, meu filho, tem arroz, feijão, alface, tomate e um pedaço de costelinha, Sara está para chegar, minhas pernas têm o tamanho normal, está tudo certo, minha tia diz para eu comer mais, você tem de comer, só tem 18 anos, ainda está em fase de crescimento, mais um pedaço no meu prato, roo os ossos.

Sara irrompe a sala, ela e Bernardo vieram me buscar para a leitura do grupo, me esqueci completamente. Bernardo anda cultivando um projeto de barba, acende um Minister no outro, cada cigarro um copo americano de café, viro a garrafa térmica e não há mais nada, Sara abre o armário em busca de pó, eu termino o parágrafo que faltava do último texto que escrevi para o *Jornal do Grêmio*. Era dezembro de 1963 e, em breve, iríamos nos formar no colégio.

Tia Adelina me deu o disco da moda, é seu presente de Natal, já que não passaremos juntos. Eu ouvia *Splish Splash* baixo, caso Sara e Bernardo aparecessem. Eu e meus amigos não ouvíamos nada que banalizasse, bestializasse, que se disfarçasse de arte para alienar o povo. A arte deve ser sempre a favor da revolução. Do tio Zeca ganhei uma cigarreira, mas gostei mesmo do presente de Seu Altino, um livro sobre grandes pintores em que, lado a lado, figuravam *Lenin na tribuna*, de Aleksandr Gherasimov, e *A Família de Retirantes*, de Cândido Portinari.

Eu gostei, hoje o livro me causa constrangimento. Achei-o num sebo e o comprei, queria olhar as figuras e evocar o que sentia na época, ainda tenho as folhas terminais do meu caderno escolar, coloco-as ao lado da página dupla com meus quadros preferidos na juventude, as palavras que Bernardo censurou insinuam-se à boca de Lenin na tribuna, imagino Lenin falando amor e os retirantes pedindo perdão, ou Lenin pede perdão e os retirantes, com amor, se ausentam do quadro, agora uma paisagem deserta e tranquila sem urubus, pedras e ossos.

Esse aí está se fazendo de santo, vamos colocar ele pra piar, sargento, traz as duas latas pra mim, agora sobe e se equilibra, palhaço, se cair leva porrada. Meus pés em cima das farpas das bordas das latas de leite condensado. Eu não vou morrer por causa de feridas nos pés, caio e levo uma cacetada, semana passada o Bernardo sumiu, da minha cela vejo a escova e a pasta de dente dele, ninguém toca nelas, se Bernardo não aparecer, não terão sido as latas, as cacetadas sim porque atingem o estômago e o baço, protege seu baço, um médico da cela ao lado me diz, apontando onde fica o órgão. Dobro duas camisetas num canto. Quanto tempo preciso sumir até meus colegas se apoderarem delas?

Está escrito no relatório: você expropriou o banco em nome do povo, lê pra ele, sargento, são palavras suas, não dá pra você voltar atrás, aqui dentro a gente só anda pra frente e quanto mais você demorar, mais pra frente a gente vai andar, eu, por exemplo, não tenho pressa pra você me dizer quem foram seus companheiros de ação, não é assim que vocês se chamam? A gente fala em outros termos, o que vocês fazem é roubar, onde foi parar o dinheiro? Qual o nome dos comparsas? Quanto tempo tem esse relatório, sargento? Ah, você estava novinho ainda, foi na primeira sessão? Essa ideologia vermelha não sobrevive muito tempo, te falo por experiência, é questão de dias, você começou defendendo o que fez, agora tá aí calado, daqui a pouco volta a falar, desce das latas, senta aqui. Vamos conversar um pouco, traz um café pra esse infeliz, sargento. Eu expropriei o banco no dia 23 de julho de 1969. Pega as latas de novo, sargento... Não, eu roubei, eu roubei... É isso, tá vendo?, você roubou, vamos usar as palavras corretas porque se você insistir nessa historiazinha de merda de que é pelo povo, eu vou perder minha paciência. Pelo povo trabalhamos nós, eu e o sargento, trabalhamos pela ordem enquanto vocês querem destruir o país, então não venha dizer que vocês se importam e nós não, vocês não se importam com nada. Vamos lá: quem foram os seus comparsas? A Julia, o João e o Carlos. Não é assim que você deve começar a resposta. A resposta deve começar com: Meus comparsas foram a Julia, o João e o Carlos. Meus comparsas foram a Julia, o João e o Carlos. Comparsas em quê? No roubo ao banco. Agora pode me contar tudo o que você sabe sobre a Julia, o João e o Carlos.

Volto à cela. Minhas camisetas continuam no mesmo lugar. Visto uma por cima da outra, não está frio, mas sei lá, um novato me pergunta como foi, o que fizeram, e o Toledo manda ele se calar. Vou até a pia e noto o dente de trás bambo, forço um pouco e ele sai, raízes grandes, pontudas, quando pequeno era um acontecimento um dente de leite cair, minha mãe amarrava uma linha nele, a segurava e pedia que eu desse passos para trás, devagar, mas eu demorava tanto que ela amarrava a linha no gradil e ia cuidar dos afazeres, quando você tiver coragem, vai dar o passo necessário e o dente irá embora junto com a linha, ele precisa ir embora para que surja outro no lugar.

A frase de minha mãe não foi muito diferente do que ouvi em 1969, dentro do apartamento para o qual me levaram de olhos vendados, de forma que eu não pudesse ver o trajeto que faziam até ele. Lá, na primeira reunião do nosso grupo, ouvimos que devíamos esquecer nossos nomes de batismo, esquecer nossos nomes para que surgissem outros no lugar, eu virei Lucas, Lucas não tinha tia, tio, primo, não conhecia Ordem e progresso, não tinha pais. Haviam arrumado um aparelho para nós, moraríamos nele por um mês, eu e Sara, ou melhor, eu e Nilse... Nilse, que loucura, Sara ganhou por acaso o nome da minha mãe.

Era um apartamento no subúrbio, no quarto andar de um prédio pequeno, sem elevador nem porteiro. Recebi uma mala com roupas, então entendi por que tinham perguntado meu tamanho, o conjunto de quatro calças e quatro camisas compunha o figurino de um ajudante de pedreiro, na linha do que nosso líder havia instruído na reunião da véspera, é preciso que vocês fiquem atentos, não chamem atenção, não falem demais aos vizinhos porque, se desconfiam, eles podem dar com a língua nos dentes.

Na época, não atinei por que me cabia aquele disfarce, eu preferia me passar por jornalista ou advogado, mas talvez não combinasse com o bairro muito simples, de forma que as roupas eram uma espécie de camuflagem. Eu e Sara, não, Nilse, fomos instruídos a escrever somente o necessário, assim seria mais seguro no caso de estourarem o aparelho. A primeira coisa que Nilse fez quando entramos no apartamento foi passar um café e chorar, você tá bem?, ela me fez um gesto vago. Outra instrução era de que parecêssemos recém-casados. Nilse seria dona de casa, mas eu, em nenhuma hipótese, devia me exceder no tempo que passava no apartamento, não é normal que um homem não se preocupe em trabalhar, pode levantar suspeitas, de maneira que eu saía de casa às sete da manhã e voltava por volta das sete da noite, sempre com um jornal aberto nos classificados, anúncios de emprego marcados em caneta vermelha, se algum dia precisasse voltar mais cedo, a explicação estava dada: era um homem sem serviço. Na hipótese remota de algum vizinho me ver circulando por vários bairros, a explicação da busca pelo emprego servia.

Lembro de uma reflexão curiosa na minha primeira semana clandestina. Me voltou a conversa com o Bernardo; no colégio, ele havia me explicado sobre alienação, quando o processo de produção é fragmentado e o homem fica responsável apenas por uma pequena parte do trabalho, sem poder algum dentro do sistema. Ao discar para o número instruído, do telefone do bar na esquina de casa, uma voz fina disse do outro lado que eu estivesse às quatro da tarde numa praça do Centro.

O ponto é no banco em frente à igreja. No horário marcado, sentará ao seu lado um de nossos companheiros, diga que o calor está de matar, ele responderá que anda precisando chover. Deixe, discretamente, o pacote que entregamos a você anteontem, fique uns minutos a mais para que a interação não pareça estranha e depois vá direto para casa e volte a ligar para mim às 18 horas. O que eu estou transportando, posso saber? Companheiro Lucas, achei que estivessem claros os nossos procedimentos, quanto menos você souber, melhor para todos, é pela segurança das ações, você entende?

Logo depois de ouvir as orientações pelo telefone, voltei para casa e tirei, debaixo da cama, o pacote envolto em papel pardo para ver quanto pesava. Sara entrou no quarto, não perguntaram por mim?, não aguento mais ficar aqui sem fazer nada, olhava interrogativa o pacote, indecisa se me questionava a respeito da missão. Pedro, disse baixinho, o que mandaram você fazer? É Lucas, Nilse, assim você estraga tudo, é Lucas. Você ouviu o que falaram na reunião, a gente não pode mais se comportar como antes, se te deixa satisfeita, nem eu sei o que tem nesse pacote, é pesado?, não interessa se é pesado, ah, você acha que eu não vi você todo curioso aí, tentando adivinhar o que é? Vai amolar outra, LU-CAS!

Eu sou apenas um trabalhador comum que vai sentar numa praça, só isso, não tem nada de errado nisso, não tem por que alguém desconfiar de alguma coisa, melhor fumar só um cigarro, não fica bem fumar um cigarro atrás do outro, acusa nervosismo, olho para o relógio e estabeleço vinte minutos entre cada cigarro, talvez vinte minutos seja pouco, enfim, que merda, tô atrasado, o cara sentado no banco olha para o relógio, sento e falo que o calor está de matar ou falo antes de me sentar?, porque vai que ele se assusta e se levanta ou olha pra minha cara e acha que eu não pareço um companheiro, será que passaram minha descrição pra ele?, não, se não passaram a descrição dele pra mim, não faz sentido que tenham passado a minha descrição pra ele.

Vou no meio termo. Faltando pouco de distância entre meu corpo e o banco, digo que o calor está de matar, sim, mas anda precisando chover. Essa frase é diferente de "anda precisando chover", tem um sim antes, e se for uma coincidência?, e se esse cara não for o companheiro?, afinal não é difícil responder que anda precisando chover porque anda mesmo, ele devia ter respondido a frase correta, sem o sim, o que devo fazer?, espero? Estamos lado a lado, não posso me virar e analisar sua cara, que burro, nem reparei, é jovem, de meia idade?, mas de que adianta se temos camaradas de todas as idades?, e as roupas, podem me dizer alguma coisa? Se me viro, encaro e ele for o companheiro, pode ficar com medo, talvez ele tenha a mesma dúvida que eu, se bem que eu disse que o calor está de matar, falei a frase correta, ele devia ter tomado o mesmo cuidado.

Não posso olhar a cara dele, não posso perguntar nada. Qual o problema se eu falar baixinho "é você, companheiro?", a culpa é daquela mulher, ela passou uma senha ridícula. Há quanto tempo estamos sentados aqui? Se for o companheiro, certamente ele está com medo agora, estou demorando demais, talvez ele também tenha recebido a instrução de ligar mais tarde para ela, se ligar antes de mim pode fazer uma reclamação, dizer que demorei e coloquei nós dois em perigo. Mas, se ele não for o companheiro, e sim uma pessoa comum, e eu deixar esse pacote e me levantar, aí sim estou lascado porque ninguém deixa um pacote do nada e sai andando. Nesse caso, posso improvisar, ô, meu amigo, eu já ia me esquecendo do meu pacote, de forma que vai ficar tudo bem, respiro fundo duas vezes, deixo o pacote embaixo do banco e me levanto.

* * *

Seu Altino era da liderança, desenhava as táticas do grupo, foi a última coisa que nos contou antes de nos despedirmos. Ele estava prestes a ir embora depois de estalar um beijo na bochecha dela quando Sara se agarrou a ele como uma menininha, e seu Altino virou e disse o codinome no ouvido dela. Ficamos felizes pela prova de confiança, seu Altino se afastou abalado, talvez tivesse medo de nunca mais ver a filha, pensei. Hoje, depois de tanta coisa, compreendo a reação dele.

Fazia dois meses que não falávamos com Seu Altino. Você se arrependeu, Sara? Ela soltava um palavrão e se trancava no quarto, eu sou seu amigo, comigo você pode desabafar, ela abre a porta do quarto e me abraça, passa a mão pelo meu pescoço, toca com a ponta dos dedos o meu rosto, não, Sara, ela volta a se trancar.

Acabamos abolindo Nilse e Lucas dentro de casa, era arriscado, mas chegamos à conclusão de que estávamos errados desde o princípio, quando mentimos para a organização dizendo que não nos conhecíamos; para eles, Sara não estava ligada ao Seu Altino, eu não estava ligado a ela, assim que quebrar mais uma regra não faria diferença, antes de sair à rua juntos, ao menos nos primeiros dias, passávamos cinco minutos em casa nos chamando de Nilse e Lucas, depois resolvemos nos chamar de amor que, além de simplificar as coisas, soava mais natural a dois recém-casados.

Sara temia que Seu Altino, além de desenhar as táticas, estivesse colocando a mão na massa, desde o início nós sabíamos que seria assim, Sara, todos nós estamos aqui para servirmos à revolução independentemente da idade, mas ele é um senhor, Pedro, e nisso eu não concordava com ela – ou talvez não concorde hoje, quando a idade me é chegada, e concordasse na época. Toda noite contava a ela sobre a ação do dia, geralmente levar pacotes ou recados, e ela me respondia com monossílabos, só começava a falar quando deitávamos na cama e eu estava com sono e queria dormir, até agora não me arrumaram nada pra fazer, Pedro, por que será?

Eu inventava que Seu Altino estava por trás de todas as ações bem-sucedidas das quais ouvia falar. Quando íamos às reuniões, sempre faziam uma abertura a respeito das conquistas de nossos companheiros, nunca entravam em detalhes, liberavam o justo para que soubéssemos que havíamos conseguido mais armas, cada setor trabalhava e tudo avançava em conjunto, da inteligência que vigiava o inimigo à formação de novos quadros; finda a leitura do informe, ele era rasgado na mesma hora, mas os adjetivos permaneciam naquele espaço, estávamos convencidos de que avançávamos.

De vez em quando, vejo documentários sobre 1968 e reconheço companheiros da época. Sinto saudade até que comecem a falar, quando abrem a boca noto uma certa dose de importância, não é que não tenhamos sido importantes, que resistir àquilo não tenha valor, mas o sistema é bem estruturado e hoje tudo se dilui em algum tipo de narrativa, coloca-se uma roupa bonita para aparecer num documentário, volta-se para casa com o ethos longínquo daquele tempo, veste-se o pijama, tira-se os óculos e dilui-se um remédio para o coração embaixo da língua.

O Bernardo foi o único que não me decepcionou, nunca mais falou sobre o que viveu, virou enólogo. Soube disso porque tempos atrás trocamos cartas em que ele discorria sobre diversos tipos de uvas, que devíamos nos reencontrar, mas no fundo fizemos questão de não nos vermos, eu de vez em quando vejo esses documentários para buscar aquele ethos; quem viveu 1968 ficou preso de alguma forma ao ano, é inegável, e por isso se mostram às câmeras em roupas bonitas, não porque seja importante preservar a memória, macaco velho não cai nessa. A gente volta àquele ano porque tínhamos a sensação de estarmos vivos.

Eu achava que podia ser Lucas, quando saía de casa me fazia ele, um ajudante de pedreiro em busca de serviço; ao conversar com a vizinha, uma senhora cujo nome não me lembro, escolhia palavras simples e concordâncias erradas, no lotação inventava o nascimento de Lucas, como ele havia conhecido Nilse, a personagem me dava saudade da minha mãe, se ela soubesse o que ando fazendo, as roupas que visto...

* * *

A rodoviária de Ordem e progresso não muda, mulheres pegadas de filhos e homens com chapéus na cabeça, sempre a farejar os mesmos pensamentos, na atmosfera há tudo o que se deve pensar, basta respirar e está posto, o que se é e se há de morrer sendo. Caminho embaixo do sol inclemente que rouba água da terra vermelha, apenas meia hora e estarei na sede da fazenda. Passo pela grande pedra que demarca a cidade, pelas cruzes na estrada que dizem seus mortos, quando pequeno eu imaginava no alto daquela pedra um velho sábio, ele se escondia porque tinha vergonha, nunca contei a ninguém para não o descobrirem, circulava a pedra torcendo que em algum momento ele se distraísse e se mostrasse, eu buscava o calcanhar daquele homem e nada, mas voltava descansado para casa, ele estava resguardado de Ordem e progresso, em cima da pedra não precisava comer, talvez sequer respirasse.

Passo pela venda onde comprava fiado o caldo de cana, não há mais a máquina de antigamente. Não há mais o Zé Preto nem o Caju, que dormia rodeado de moscas, sempre mordido em algum lugar, abrindo o olho o tempo de nos reconhecer quando crianças. Pela linha de trem, recolho o cariru que eu e minhas irmãs colhíamos para alimentar os coelhos, o cariru continua a crescer ali depois de tantos anos.

Há uma placa de madeira com o símbolo de um triângulo, a inscrição cada vez mais apagada, passando a placa chega-se a Esperancinha, mas meu caminho é outro, sigo dentro da chuva, as gotas cumprem o dia de água e se avolumam, unindo-se ao rio das sêdes. O rio me batiza o rosto, entra pelas narinas, me encontra as veias, osmose maré adentro, e o sangue, fundindo-se a ele, verte-se e junta-se à chuva.

Chuva e sangue recuam para me olhar de frente, a onda assoma, o grande tubo sobe ao céu, espero que não alcance a pedra e o sábio, é tarde, olho para cima e o sol está dentro d` água a apagar-se, o sangue do primeiro Naves benze as árvores, achei que fosse apenas o meu a misturar-se ao rio, mas meu sangue é filho de outros sangues-semente e corpos, que lambem a terra vermelha e correm em minha direção.

Somem meus sapatos, a mala, no punho o relógio me informa que falta pouco até a porteira, preciso me desvencilhar do canto longínquo registrado nas hemácias, grudam aos ouvidos formando guelras que me contam o que ouviram, pelo que pulsaram, vozes-correnteza de meus antepassados. Não há ninguém na sala de casa.

A mesa de jantar boia lentamente em direção ao teto e, antes de chegar a ele, as cinco tábuas se soltam, afrouxam-se os encaixes e os pregos. A mimo-de-vênus com a qual escondi o rosto faz alguns anos, escondi?, passa por mim água-viva rósea, as pétalas abrem-se e fecham-se. Na varanda, os bois de meu pai nadam em direção ao sol, em breve estarão libertos.

Pelas mãos, a Iara me conduz ao quarto de meus pais, toda família sentada à cama, algemados e com os olhos abertos: Altamir, Nilse, Lina, Letícia e Ernesto Naves. Viro as costas e pego as botinas de meu avô antes que os cadarços se desfaçam.

* * *

Bernardo me entrega um saco de bolas de gude para que eu as jogue nos cascos, quando os homens da cavalaria estiverem vindo você joga, senão eles te alcançam e descem o cacete e aí pra te apanhar fica fácil, o lance é o seguinte: a gente vai num grupo de cinco, se a coisa ficar preta, cada um vai pra um lado, Sócrates, deixa eu ver os cartazes, mas que merda! O povo organizado? Bicho, que errado, esse cara não manja nada, mas ele está a fim de participar, Bernardo, mas assim fica difícil, imagina se alguém me vê perto desse cara..., Bernardo, fica frio, a gente muda o cartaz, pode ser, Sócrates?, pega o pilot e corta esse "organizado". É armado, o povo armado.

A alma é um reles foco de atenção e vai para os pés, chuto as bolas de gude espalhadas pelo asfalto. Vai para a bola de gude azul que corta caminho em direção ao cartaz que Sócrates corrigiu, o cartaz deitado, assim como Sócrates ao lado dele. Um riacho vermelho se espelha em minha superfície, sigo rolando até parar na letra R da palavra armado, Sara leva a cacetada de um policial, corre e some numa paralela. Um cavalo trota em minha direção, quase pisa em mim, o coquetel molotov reflete-se em minha curvatura superior, que também espelha o céu e as nuvens e, na borda, o topo de um prédio de onde uma senhora joga uma máquina de escrever.

Antes que caia, a máquina escuta que queremos mais vagas nas universidades, começa a bater no papel que libertem nossos presos, faltam cinco metros para que ela caia, o cassetete canta em três companheiros na esquina, voam pedras nas crinas e nos olhos dos cavalos, voa uma crina em direção ao Bernardo, ele se aproxima de Sócrates e sacode seus ombros, quatro metros, três metros, a máquina batuca morte aos imperialistas, na esquina as portas de uma igreja se abrem, para lá os companheiros correm, um metro, 50 centímetros, um padre e um bispo interpõem-se entre nós e quatro cavaleiros do apocalipse, os cavalos riem, Sócrates atravessa o mar vermelho, a máquina bum, bum, bum, é ela?, não, são as balas, vão matar todo mundo, vocês vão lá pra trás da sacristia que daqui esses homens não passam, esta é a casa de Deus, respeitem a casa de Deus, vocês não vão matar esses jovens, os cavalos riem.

A gente nunca mais vai conseguir sair daqui, manda esse cara calar a boca, se acalma, eles não vão entrar, relinchos, eu não quero morrer, eu falei que não era pra chamar esse covarde, Bernardo, ele está machucado, você nunca sente medo?, meus jovens, os policiais foram embora, prometeram que não vão fazer nada com vocês, melhor esperar a poeira abaixar, em algumas horas tudo se acalma e é a missa, vocês ficam e depois eu e o padre damos um jeito de tirar vocês daqui em segurança, mas primeiro vamos cuidar do ferimento do rapaz, misericórdia, sua cabeça está aberta, meu filho.

O órgão me faz lembrar de Ordem e progresso, não que houvesse um, o que tínhamos era um piano a tocar a *Ave Maria*. Sentamos na última fileira de bancos, pessoas entram, nos veem e saem da igreja, notam a cabeça enfaixada de Sócrates e um círculo de sangue coagulado na camisa branca, a barba do Bernardo está cheia de poeira, Lina falava que se eu entortasse os olhos, me fizesse de vesgo e alguém os soprasse, eu ficaria vesgo a vida inteira. Vai que eu sopro a barba e os olhos do Bernardo ficam assim pra sempre... A última nota da *Ave Maria* coincide com o som da máquina arrebentando no asfalto.

* * *

23 de julho de 1969. Sara concilia as mechas de cabelo num rabo de cavalo, troca de roupa três vezes, me pergunta se estou preparado, eu estava até cinco minutos atrás, agora já não sei, passamos todas as etapas da ação novamente, sinto sede, mas é melhor não beber água, um copo pode me dar vontade de ir ao banheiro na hora errada, fome não tenho desde ontem, eu, Sara e os companheiros deixamos os relógios com o cronômetro zerado, assim que dermos início à primeira etapa os sincronizaremos, não se esqueça, temos apenas dois minutos antes que algum caixa dispare o alarme.

No Fusca azul, o companheiro Marcos nos espera, dez segundos se passaram, Bernardo grita que se trata de uma expropriação em nome da revolução, a rima pobre ricocheteia e observa o companheiro pichar a palavra *abaixo* na parede de mármore, logo ao lado da guarita do segurança rendido. Sara enche os sacos de notas, nós não queremos machucar ninguém, na pressa as cédulas caem aos meus pés, uma senhora reza, trinta segundos se passaram, uma criança e o pai estão no chão, virados de costas, o braço do pai por cima dos ombros do filho pequeno, que insiste em levantar a cabeça para olhar as nossas máscaras.

Dos buracos na máscara vazam meus olhos, a gravidade me puxa as órbitas para trás assim que o menino me olha, grito que vire a cabeça pra baixo, preciso que ele faça isso antes que a gravidade sugue minha pele, meus ossos e vísceras e me transforme num ponto, e eu fique menor do que o menino, caia ao chão e me perca entre as pessoas que correm assim que os companheiros saem pela porta há um minuto e quarenta, somos cinco, e eles só se darão conta de que falta um quando estiverem dentro do carro a acelerar pelas ruas estreitas.

O pai pressiona a mão esquerda contra a cabeça do menino, Bernardo ajuda Sara a recolher as notas dispersas no chão, se distrai, o segurança com dois passos alcança a arma, mira o crânio do Bernardo que olha o chão à cata do dinheiro, tenho pouco tempo, encaro o menino e ele desobedece o pai, deixo que seu olhar me penetre as órbitas, a gravidade me dobra, soma as minhas partes e as concentra num ponto, o umbigo. De lá, da nascente do rio das sêdes, brota o sangue de cada boi abatido por meu pai, pelo pai de meu pai, pelo pai do pai de meu pai, e aperto o gatilho.

* * *

Bernardo passa o braço direito pelos meus ombros na traseira do Fusca, Pedro, você salvou a minha vida, enxuga as lágrimas na manga da camisa, estamos a 120 quilômetros por hora e Marcos baixa a velocidade conforme o carro se afasta do perímetro da ação, Sara está calada, Marcos olha pelo retrovisor e balança a cabeça negativamente.

Padre Neto dizia que as chagas de Cristo ressurgem nos santos que provam a sua fé, nas mãos, nos pés, na cabeça e nas costas, quando um santo se une a Cristo no espírito e no coração, sente Jesus crucificado no próprio corpo. É isso o que eu sentia na infância?, corpo a enrodilhar corpo?, se fosse isso, apenas um estigma, logo mais passaria como passara de Cristo para São Francisco, eu não precisava temer, talvez viesse a ser um santo como minha mãe predizia.

Tenho estigmas dos estigmas, cicatrizes que insistem em abrir pelo lado de dentro. Tenho a esperança de que Jesus me veja sangrar e me liberte, saiba que meu corpo é acesso como o dele foi, que o sacrifício nunca foi nosso, mas da ocasião, que segue de um ser para outro, sendo a matéria diapasão para o sofrimento eterno e sem face.

Toda face é máscara, assim como o corpo. A apenas um corpo, o seu, se prendem os homens, tomam por ele a si mesmos, identificados à matéria com que vieram ao mundo. Morre a matéria, morre o homem. Se pudesse se reconhecer nas realidades outras, naquilo que não lhe parece seu – e no entanto é –, o homem subjugaria a morte por morar em todas as coisas. Emprestaria-se às penas dos pássaros e ao voo longo dos peixes. Movendo-se somente dentro de si, o corpo-homem-limite submete a experiência.

Quantas partes do corpo preciso manter para dizer eu sou? Proteja seus pés, dizia meu avô Sebastião dentro da mata, pois na mata é pelo bicho e pelo pé que se morre, quando o pé infecciona não é possível andar e buscar o que comer, avançar ou se defender dos animais. É 1974, não vejo meus companheiros faz meses e os helicópteros rondam o céu, abrindo as frestas onde costumávamos nos ocultar, mas meus pés estão saudáveis e posso prosseguir durante a noite, quando o som da floresta me aponta a direção dos inimigos e o vento desenha a topografia à frente no murmúrio com que batiza as árvores.

Até os risos abafados dos companheiros durante as primeiras reuniões na cidade me fazem falta aqui na mata. Meu decaimento começou quando os risos cessaram, na primeira reunião depois do assalto ao banco nosso líder disse que eu era um exemplo de coragem, havia, sem titubear, enfiado uma bala na testa do segurança, era isso que ele esperava de todos.

* * *

21 de Agosto de 1969. Novo aparelho, um quarto e sala no Centro, um colchão, um lençol amarelado, baixamos as persianas, mal acendemos as luzes, Sara não usa mais saltos altos para não alertar os vizinhos de baixo de que passamos muito tempo aqui, temos roupas um pouco melhores, Lucas já não é mais pedreiro em busca de serviço, é profissional liberal e minhas camisas estão de acordo com isso, sem etiquetas no entanto. Ando conversando com um partido, a pedido de Seu Altino, a barra está pesada demais, saio à rua e me deparo com um cartaz – *Terroristas procurados, Ajude a proteger sua vida e a de seus familiares* – exibe as fotos de quatro homens, um deles o pai de Sara. Eu e ela não atendemos a campainha, combinamos de bater na porta duas vezes antes de entrar.

22 de Agosto de 1969, sei que não deveria estar escrevendo, mas não me passam nada pra fazer, ultimamente tenho insônia, só adormeço por volta das seis da manhã, eu e Sara não dormimos como antes, há uma criança no apartamento de cima, grita e nos impele para fora da vigília, levanto e preparo um café, fumo tantos cigarros, liguei ontem pro Marcos e pedi que me passasse alguma coisa, qualquer coisa, ele falou que minha foto já está num cartaz – *Bandidos terroristas procurados pelos órgãos de segurança nacional* – são sete homens e três mulheres nas fotos, mas ele não soube me dizer se uma delas é Sara.

Saí para comprar pão ontem, deixei a porta aberta, esqueci as chaves, quando voltei Sara demorou a abrir a porta, tinha as duas mãos enroladas em camisetas com as quais me encheu de pancada, como você pôde deixar a porta aberta?, não sei, faz dias que não vemos o sol, a escuridão me lembra pela manhã o que sou e o que faço, apenas numa pequena fresta passam os raios do meio dia, é a hora em que escrevo, Sara acha uma temeridade, mas eu tinha um dinheiro guardado e comprei uma Olivetti Lettera 32, portátil, bato nas teclas devagar, coloco cobertores no chão para que o som das palavras não se insinue ah-lém do quarto.

O Livro Vermelho de Mao Tsé-Tung, outra temeridade de acordo com Sara. Na ligação, Seu Altino disse que eu preciso reler o livro, em breve estaremos juntos numa missão em que o Mao será necessário, os companheiros na cidade caem como baratas, estou escrevendo pessimamente, veja isso, uma imagem tão desgastada, mas é a falta de sono ou o excesso, esses dias sem dormir, não sei se tenho sono ou não, os cafés não dão conta, sonho que tomo uma laranjada e aprecio a praça em frente ao prédio, me dou conta de que tomo a laranjada em frente às persianas fechadas, Sara demora no banheiro, está tudo bem aí?

    Ontem, na fila da padaria, um casal de camisetas coloridas, colares, pulseiras de miçangas e calças boca de sino comentava de um show. Estavam de mãos dadas, não vou, detesto a Maria e ela vai, compraram cigarros da mesma marca que os meus, uma barra de chocolate, ele olhou pra bunda da moça que estava à nossa frente, a namorada não percebeu, saíram felizes, voltei para o aparelho pela outra quadra, ultimamente faço isso, mudo os caminhos, amanhã vou me barbear, Sara vai pintar meu cabelo de acaju, vou cortar os dela bem curtinhos, no sono volto à Ordem e progresso e meu pai me confunde com um vagabundo de cabelos grandes, aponta uma espingarda pra minha cara, sai da minha terra!, acordo rindo, Sara me dá um tapa, ultimamente ela anda agressiva.

    Você tem que cortar igual dos dois lados, me passa o espelho, assim não, cortou demais, eu não sou cabeleireiro, eu te expliquei: era só pegar o cabelo e medir com a largura do dedo, não é tão difícil assim, agora vou ter de gastar dinheiro no salão, e aonde eu vou pra consertar essa cor ridícula, Sara?, chama atenção à vera, parece cabelo de boneco, o barbeiro não vai se esquecer de mim nunca mais, se tiver um cartaz pelas bandas dele já era, vou cair por causa desse cabelo de merda, você pelo menos pode colocar um chapéu ou um lenço, e eu?, se eu colocar um lenço vão achar que eu tenho câncer. E daí?, os mais politizados vão achar que você saiu de um campo de concentração. Rimos pela primeira vez em semanas.

Toda segunda e sexta eu telefono para o mesmo número e a voz fina de sempre fala que precisamos segurar a onda, é apenas um recuo tático, o mais importante agora é preservar nossos quadros, a mesma lenga-lenga, mas a voz dela me acalma, só que nesta segunda eu liguei e ela não atendeu, nem hoje, comprei duas cervejas e levei para o aparelho num saco pardo, ofereci à Sara e ela não quis, muito chata, no dia seguinte ligou para o contato dela e descobrimos que o Bernardo caiu, queria avisar à família, mas talvez seja perigoso, a gente deixa a carta num envelope sem remetente e manda pra casa dele.

23 de Outubro de 1969. Fui dar uma volta, faz um dia bonito, mulheres com carrinhos de bebê, um Ford Galaxie LTD vermelho para no semáforo, ouvi um pai de família falar dele na fila da padaria, procuro guardar na memória os fragmentos de conversa para ver se falam de alguma ação dos companheiros, de qualquer coisa, já que nos jornais não há nada, mas as pessoas sempre falam de shows, de carros, de música, eu e Sara ultimamente falamos muito pouco. Mostrei uma parte do diário, e ela disse que eu devia escrever minhas memórias, não agora, pelo amor de Deus, depois que a revolução tiver vingado.

10 de Março de 1968. O concreto domina os corredores, linhas retas, escadas em caracol e degraus largos, a natureza a aparecer timidamente pelas frestas, são seis e meia da manhã e o prédio coaduna com o tempo nublado, os estudantes são poucos, marquei com Sara na entrada, ela ainda não chegou, meus

pés acostumam-se ainda aos sapatos novos, dou uma volta, comprei uma camisa e uma calça com ajuda de Sara, não é diferente do que usam os alunos que passam, mas o barulho do meu calçado é outro, a calça e a camisa não podem silenciá-lo.

Pão e café com leite na lanchonete, abro *Vinte Mil Léguas Submarinas*, aqui deve ter uma biblioteca de verdade, não os pequenos sebos que eu e Sara frequentamos ou a sala do colégio com a estante de cinco prateleiras, ou o armário de Seu Altino, ou a bolsa de livros de Belisário, verde-musgo e surrada. Uma biblioteca de verdade, posso pegar os livros que eu quiser, mas estava na hora de encontrar Sara, ela segurava em cruz sobre o peito um caderno grosso, olhava para os lados, me escondi atrás de uma pilastra para observá-la ali por um tempo, existem momentos que a gente sente que ficarão registrados, ela de blusa azul clara e saia amarela, os cabelos castanhos soltos no nosso primeiro dia de aula.

Os passos avolumam-se nos corredores, os alunos começam a encontrar suas salas, Sara checa o número da nossa, subimos as escadas, na curva em caracol os degraus que percorremos têm marcas de pegadas, as minhas, meus sapatos deixam no concreto um carimbo de lama preta, olho novamente e não estão mais lá, o pé direito alto me provoca vertigem, digo a Sara que entre e me reserve uma carteira ao seu lado, pergunto a uma moça se ela sabe onde fica o banheiro, falo baixo e preciso repetir, ela me aponta a esquina de um corredor.

No caminho de volta à sala tropeço na multidão de sons que preenchem o edifício, na minha sala todos já entraram, a porta está fechada e o professor fala qualquer coisa à frente do quadro. Sara, na primeira fila, me vê do vidro que encima a porta, ela me olha interrogativamente, o professor parece compenetrado, deve estar se apresentando, do movimento de seus lábios a palavra cheiro. Chei-ro: seis letras, cinco fonemas.

Encosto no batente da porta. De frente para mim, a fazenda em Ordem e progresso, meu pai ata a sela no dorso do cavalo, Lina costura uma bainha sentada na varanda, Letícia separa grãos que dará às galinhas, minha mãe observa a paisagem como se qualquer coisa estivesse deslocada, o corpo dela se estende raiz além das tábuas de madeira da casa, ela move os olhos na minha direção e aponta para a direita afirmativamente, então eu entro na sala de aula, o professor interrompe o que vinha dizendo e me deseja boas-vindas.

* * *

Na primeira semana da faculdade, Sara fez amizade com uma moça do diretório acadêmico, discutem uma manifestação por mais vagas, Sara conta da irmã que não pôde sequer frequentar o colégio, rapazes passam um cigarro de uma mão à outra na pequena casinha com as portas fechadas, viro de frente para Sara e a moça cujo nome é Antônia para evitar que me ofereçam, pode ser que me perguntem alguma coisa e eu não saiba responder, vou medindo as frases dos dois lados para ver se me surge qualquer comentário, mas pode ser que eu fale baixo demais como antes, ou alto demais, ou me saia a voz dos sete anos, melhor não, Sara diz à Antônia que eu escrevia no *Jornal do Grêmio*, ah, é? escrevia o quê?, artigos, contos e poesias, então ele vai ser útil aqui porque o nosso editor não tá com nada.

    Novamente as palavras. Entrego um texto com o título *Não às anuidades no ensino secundarista*, reviso cinco, seis vezes, ainda não sei se está bom, Sara diz que sim, talvez eu devesse escrever sobre outro assunto, não estamos mais no colégio, mas no diretório da faculdade sempre aparecem secundaristas, de forma que as discussões se alinhavam. Entrego o texto à Antônia que o publica na edição mensal do *Jornal do Diretório Central dos Estudantes*, pelo corredor os alunos folheiam a edição, na lanchonete, no refeitório, dentro das salas de aula, a sessão internacional fala de protestos em Roma e em Paris, num artigo intitulado *Estudantes se unem pelo mundo*. Antônia me chama para tomar uma cerveja.

    Depois das aulas vou para a sala do diretório bater meus textos. Antônia diz que, se depender de mim, ninguém mais escreve, dá uma risada, continuo, ela e Sara tomam sorvete no sofá puído enquanto esperam os outros chegarem para começarmos a reunião, Sara comenta do Bernardo, que vai matar a última aula da Filosofia para nos encontrar, fala da Clara, ih, anda com dois rapazes ao mesmo tempo, é desbundada, gírias novas no meu vocabulário, resolvo escrever uma carta para o meu pai e minha mãe.

    Querido pai, escrevo uma só carta para você e minha mãe porque tem me sobrado pouco tempo com os estudos. Por aqui tudo vai bem, agradeço o dinheiro enviado, comprei os livros. Tenho professores muito bons, nos quais me inspiro, diga a

Belisário que sempre lembro dele na biblioteca. Conte também que comecei a ler *Vidas Secas* e que em breve não existirá nenhum Fabiano, diga a ele exatamente essa frase, pai, é sobre um tema que estávamos estudando. Como vão os animais? Como vão Lina, Letícia e Ernesto?

* * *

O reitor gostava dos meus textos, mas você deve investir a energia nos estudos, disse uma, duas vezes, na terceira me chamou à sala e me estendeu um papel dobrado em que constava que eu, a partir daquele momento, estava desligado da faculdade. Sob que argumento?, por que não escreveram aí por que estou sendo expulso?, você sabe, meu filho, eu te avisei várias vezes. Decreto-lei 477. Era março de 1968.

Sinto falta da biblioteca, do DCE, da Antônia ninguém mais ouviu falar, capaz que não se chame mais Antônia, acabei pedindo à Sara que fosse até a farmácia e comprasse outra tinta de cabelo, me fizesse um corte, não dava para ir ao barbeiro daquele jeito, muita bandeira. Como será que estão tia Adelina, tio Zeca e o Carlos?

Volto para casa depois da conversa com o reitor, digo à tia que vou viajar, mas assim no meio do ano letivo?, é um congresso de estudos, todos os alunos vão, e você me fala em cima da hora?, desculpa, tia, você não para mais em casa, onde você tem dormido?, não é com a Sara, é?, deixa eu passar suas camisas ao menos, você não pode ir assim, onde vai ser?, no interior, mas onde?, tia, eu estou atrasado, tá bom?, eu volto rápido, não se preocupa.

A gente nunca sabe quando é a última vez. Minha tia enrola a marmita numa trouxa, me dá uma pequena garrafa térmica para levar, enfia no bolso da minha calça umas notas, tento negar, ela diz não, a bênça, tia, Deus te abençoe meu filho, parece que foi ontem, no entanto faz dez meses, quase um ano, Sara lê o que escrevo por cima do meu ombro, você não devia falar da faculdade, pelo menos tenha a decência de cortar meu nome, tá dando bobeira demais, as ordens foram claras: nada de deixar material que possa nos comprometer, eu devia jogar esses livros fora e a máquina de escrever também enquanto você dorme.

Liguei para Seu Altino, ele pediu que eu e Sara o encontrássemos no Centro, muito cuidado; se vocês estiverem sendo seguidos, deem meia volta, entrem num cinema. A barra estava limpa, Seu Altino me passou o telefone de um contato, não dava mais para seguir do jeito que estávamos, mas que outro jeito se precisávamos continuar?, tem outro jeito, você vai ligar para esse número, falar com a companheira Marina, fale que você e a Nilse querem visitar os parentes na plantação, a senha é essa, a companheira vai marcar um ponto e vocês vão de mochila arrumada, daí ela explica direitinho a missão, ela é da organização?, não, é do partido, todo mundo da organização caiu, todo mundo?, todo mundo, por isso eu pedi que você relesse aquele livro, ele vai ser útil.

Parece que faz vinte anos que sou Lucas, será que colocaram Lucas ou Pedro no cartaz?, preciso frequentar outra padaria pra não ficar manjado, a Sara tinha pedido mais alguma coisa além do leite, não era pão, um doce?, vou dizer que não tinha, a gente precisa economizar até entrar em contato com o partido, na fila uma senhora fala até que enfim mataram o homem, é 5 de novembro de 1969, pois é, mataram com quatro tiros o terrorista, ontem, ele estava dentro de um Fusca, ia se encontrar com uns frades, pra você ver, nem na igreja dá pra gente confiar mais.

Mataram... Preciso voltar pra casa e contar pra Sara, lemos juntos o manual dele muitas noites, tenho parte dele decoradas, mataram o cara, que merda, moço, é a sua vez, o que você vai querer?, me vem quatro maços de Minister, só isso?, só isso, são cinco da tarde, em breve vai anoitecer, mais um dia em que não acontece nada, pelo menos agora a gente tem o contato do partido, a senha é que eu e Nilse queremos visitar os parentes na plantação, não posso esquecer, faço o caminho mais curto, ando cansado mesmo sem fazer muita coisa ultimamente, na esquina o mesmo casal que falava do show outro dia está de mãos dadas, será que ele conseguiu convencê-la de ir?, o semáforo abre, eles se desviam por pouco da Veraneio que canta os pneus antes de parar ao meu lado, me jogam no banco traseiro, um soco acerta meu nariz, um pano me cobre a cabeça.

* * *

Quantas partes do corpo preciso manter para ainda dizer eu sou? Preciso aguentar quarenta e oito horas sem passar o endereço do aparelho, se perguntam é porque não sabem, quarenta e oito horas, é isso, mas tomam o meu relógio e não faço ideia de quanto tempo passou, há um relógio na parede, de acordo com ele só se passaram cinco minutos, não pode ser, mergulham minha cabeça na tina d'água novamente, dessa vez não é o caranguejo que está no fundo, mas uma galinha de que gostava muito na infância, a Zaqueia, ela me fala o endereço do aparelho, minhas mãos amarradas atrás das costas, não posso tapar os ouvidos, não quero ouvir, cala a boca Zaqueia, numa trave suspensa no ar meu sangue escorre do supercílio em velocidade lenta, estou de ponta-cabeça, pés e mãos amarrados, Zaqueia, era assim que dependurávamos vocês nos dias de festa, de ponta-cabeça num varal, com o pescoço degolado para o sangue escoar para a terra, então vocês ficavam depenadas e nuas ao relento, Zaqueia, você e as suas companheiras.

    Quantas partes do corpo preciso sentir para ainda ser eu mesmo, Zaqueia? Me diga se quando você perde uma pena sente-se um pouco menos. Me fale se tem consciência de todos os seus membros – e por isso sabe que vive – ou se a questão da unidade do corpo é apenas humana. Conta se quando o João da Berne te pegou pra fazer coisa errada, você sentiu raiva dele ou só se deu conta da dor sem entender de onde ela vinha. Talvez você não tenha tido capacidade de ligar uma coisa à outra como os seres humanos têm a capacidade de fazer, Zaqueia, dizem que o cérebro das galinhas é muito pequeno.

    Quantas partes do corpo preciso rejeitar nos próximos cinco minutos? As cacetadas nos pés, os choques na língua não vão me quebrar, não sou apenas meus pés nem apenas minha língua, mas eis que a língua se liberta da boca e plana à frente do meu rosto, uma língua com penas no lugar das papilas, onde você foi, Zaqueia? A língua desce ao assoalho e prova suor e sujeira, melhor eu deixar o pescoço flácido, assim pensarão que estou sem forças para sustentar a cabeça. A língua voa em direção ao meu sovaco e me faz cócegas, era o que fazíamos com as penas de vocês, Zaqueia, as recolhíamos assim que vocês eram depenadas e fazíamos uma fileira de pés: quem resistisse mais ganhava o jogo.

Quantas partes do corpo, Zaqueia? Que corpo? Palmas chocam-se contra os meus ouvidos, que ouvidos são esses se não podem ser outros? Ou se, sendo outros depois do choque das palmas, precisarão recompactuar-se com meu corpo? A dor, Zaqueia, você sentiu quando Lina quebrou seu pescoço, você se deu conta ou foi numa fração de segundo? Você sentiu o João da Berne? Você só sente o membro do outro por meio de alguma parte do seu corpo, de forma que a dor também é infligida por ela. Como não se revoltar contra o seu cu, Zaqueia?

* * *

Tenho mostrado trechos das minhas memórias ao jardineiro. Li o da Zaqueia e ele me perguntou se estou pensando em criar galinhas – assim fica difícil. As solas dos pés, os choques na língua, essa procissão de palavras diz ao jardineiro muito pouco. Pelo menos não li o trecho do Trotski, o jardineiro é evangélico e faz um bom trabalho, as mimos-de-vênus estão bonitas, a esposa dele cozinha meu almoço todos os dias, certamente ele comentaria à noite, na pequena edícula contígua à minha casa, de que não bato bem da cabeça.

O Trotski conheci numa cela compartilhada onde fiquei por três meses. Havia seis homens lá e um deles, apelidado de Trotski, não fazia nada além de percorrer o espaço entre as grades e o fundo da cela. Possível que fosse atleta antes de ser preso, só isso explica a resistência para o movimento repetitivo em linha reta, deixávamos esse espaço vago a muito custo durante o dia e o chamávamos de linha de Trotski; à esquerda da linha de Trotski, ficávamos eu e mais dois presos, e, à direita, o resto.

Segundo Trotski (quando ainda falava), ele havia sido preso por ter em casa dois livros que falavam sobre Trotski. Havia dito que gostava de estudar, apenas isso, nada mais que isso, se resolve eu queimo os livros, juro por Deus, mas, ainda assim, dia sim, dia não, Trotski era levado pelos guardas, que eu apelidei de três tigres tristes, e voltava à cela cada vez falando menos até um dia parar completamente – só não deixou de seguir a linha de Trotski.

Depois que soubemos quem era quem lá dentro, passamos a ter cada vez menos o que falar, de forma que a partir das oito da noite, uma hora antes de apagarem as luzes, nos concentrávamos em apostar quantas vezes Trotski iria da cela até a grade e da grade até a cela. Quem chegasse mais perto do número ganhava um cigarro.

Quando machucaram os pés de Trotski, ele parou de andar. A linha de Trotski estava à nossa disposição durante o dia, mas evitávamos pisar nela; no início, dávamos passadas largas para pulá-la e olhávamos para Trotski para ver se ele reagia, então Bernardo pisou na linha, na primeira vez por poucos segundos, depois fincou os dois pés ali e encarou Trotski, e nada, ou não deu tempo porque os tigres vieram buscá-lo novamente e Trotski só voltou à nossa convivência três dias depois.

Voltou e passou a ficar de pé quase o dia inteiro, olhando a parede. Tão imóvel que talvez não fosse um atleta anteriormente, mas uma estátua viva. O Bernardo chegava a cinco centímetros dele e contava piadas, fez isso quando não tinha sido levado pelos tigres ainda, talvez eles tivessem lá suas prioridades. O velho Toledo mandou que Bernardo parasse, precisamos respeitar todos que estão aqui dentro, se esse homem resolveu se calar ele tem esse direito, e pararam as piadas, e a linha de Trotski sumiu como se nunca houvesse existido.

Numa quarta-feira, um companheiro acorda a cela inteira berrando. Na altura do peito, uma gosma branca, quem foi?, quem foi?, silêncio. Dias depois, o mesmo se repetiu com outro companheiro. À noite, costumávamos ficar quietos em respeito aos que tentavam dormir e qualquer ida ao boi fazia com que eu acordasse. Eu também queria saber quem era, descobrir um movimento furtivo, o cara de fato era habilidoso, no dia seguinte fizemos uma reunião e decidimos que alguém ficaria de guarda à noite, assim dormiríamos tranquilos, mas na primeira noite o Inácio não aguentou e dormiu, foi acordado pelo Toledo apontando pra mancha branca rente aos pés.

Quando Trotski foi levado novamente pelos tigres, o Bernardo convocou uma reunião. É o Trotski, só pode ser o Trotski, não é, ele está imprestável, é sim, tudo tem limite, isso não se faz com um homem, companheiro, deixa disso, a gente não tem certeza. Estávamos todos acordados, ficamos todos acordados naquela noite esperando que Trotski voltasse.

* * *

Até os quatro anos de idade, Dona Nilse raramente me levava à rua. Quando ela, meu pai e minhas irmãs saíam, fosse para ir à igreja ou a uma festa, eu sempre ficava para trás, olhando as paredes cobertas de selas, arreios, laços de couro cru, ou na cozinha, ou dentro do quarto. Minha casa e seus inúmeros corredores estreitos levavam a lugares gigantes; quando passava por eles, deslizava devagar as mãozinhas pelas paredes chapinhadas. Sininha, que cuidava de mim, achava graça, eu diminuía o passo ao entrar num corredor e, quando ela tirava os olhos de mim e eu sumia, bastava me procurar numa das passagens de um cômodo a outro e eu lá estava, às vezes sentado com as costas grudadas à parede.

Eu não tinha altura para ver a paisagem; só quando me carregavam nos braços, perto de alguma janela, via que o mundo era mais lá fora, apontava as galinhas que ciscavam no quintal, algum cavalo, a curiosidade longe e nunca saciada, apontava as selas, os arreios, e Sininha dizia é bonito, não é?, é tudo do seu pai, do seu avô e do seu bisavô, mas não pode pegar, é de adulto, de trabalho, só quando você for um homão. Entregavam às minhas mãos aquilo que achavam adequado, carrinhos de madeira, pequenos cavalos pintados. Longe dos olhos de

Sininha, eu colocava meus cavalos para conversar com as bonecas de Lina, ou montava as bonecas nos cavalos, mas se Sininha via, guardava as bonecas e me deixava apenas com os cavalos de pau sem montaria.

Sininha tinha um namorado que trabalhava com meu pai. Minha mãe e minhas irmãs haviam saído, e estávamos eu, ela e o namorado na sala de casa, os dois sentados no sofá e eu atrás dele, fazendo o carrinho atropelar os cavalos. De quando em quando, ela espichava o pescoço para ver se eu continuava brincando, mas era pouco, e a porta da frente de casa aberta, eu podia sentir pela corrente de ar que entrava.

Escolhi por companheiro o cavalo amarelo, Sininha tinha pernas bem mais compridas que as minhas, Sininha era muito rápida, eu e o cavalo precisávamos ser rápidos e calados, não que nem Sininha, que nem o gato meu amigo que de vez em quando entrava em casa.

O gato era um pouquinho menos grande que eu e conseguia entrar e sair e sair e entrar, e a Sininha nem percebia quando ele roubava comida do prato em cima da mesa, e eu ficava quietinho vendo o gato comer, ele ia embora depois, olhava pra mim ou não, pulava na janela e eu ficava de novo esperando ele aparecer. Quando ele entrava, era difícil fingir que eu não via, a Sininha de costas cozinhando olhava de vez em quando pra mim pra ver se eu continuava brincando e eu tinha de olhar pros brinquedos pra ela achar que eu tava brincando, e eu tava olhando pro gato, mas precisava olhar também pro cavalo de madeira de vez em quando.

Falei pro cavalo amarelo que a gente ia encontrar o gato, segurei a barriguinha dele, lá fora ele ia fazer cocô verdinho, a gente saiu pela porta e tinha verde azul amarelo, mas como é que vai pro mato?, era que nem descer pro quarto da Sininha, ela me dava a mão pra chegar lá, agora não tinha a mão da Sininha e o cavalo amarelo era pequeno pra ajudar, então sentei a bunda no chão até a beiradinha e da beiradinha até a outra beiradinha e aí o mato já tava na frente, o cavalo amarelo de pé nele.

Em cima não tem teto e do lado não tem parede nem sela nem aquilo que usa pra machucar o cavalo, viu?, não tem nada pra machucar você, em cima tem um azul enorme de enorme, não dá pra pegar, só sendo alto que nem o meu pai. O cavalo amarelo tá com sede, tem muita água ali, um largato passa pela gente, oi, ele vai embora, é que nem o gato, não gosta de conversar. A árvore que dá pra ver lá da janela, eu perguntei pra Sininha como era a pele dela e a Sininha riu e falou as árvores não têm pele, eu vou lá ver se é verdade de verdade, parece uma pele, pena que o largato não parou, ele ia dizer sim ou não sem a gente colocar a mão, vamos dá água pra você e depois a gente vai ver a pele da árvore.

Bebe pra fazer xixi, você pode fazer xixi na árvore também que nem o cachorro, o gato faz xixi aonde?, essa água é que nem a tina grande pra lavar o piupiu e dentro do nariz, a Sininha gosta de lavar tudo limpinho, que frio, cavalinho, que frio, eu não sabia que dá pra andar dentro da água e pensar dentro da água, sempre que eu vou pra dentro da água lá dentro de casa eu tampo o nariz e paro de pensar, na tina grande dá pra pensar e não precisa tapar o nariz, agora a gente vai abrir o olho bem devagar, eu vou contar até três, um, dois, três!, olha o gato, cavalinho, aqui é a casa dele?, oi, gato, vem falar comigo, eu sou seu amigo. O gato vira, não é o gato, a frente da cara dele é um bico de galinha, meu pai diz que é pra eu não chorar, mas aqui na água ele não vai saber, né?

A galinha-gato chega perto, vou estender o braço e mostrar o cavalinho, fecho um olho, deixo o outro aberto, ela cheira e vai embora. Foi por pouco, você não tá mais com sede, vamo embora?, é só mexer os braços pra cima, que nem asa de passarinho que voa, meu pai disse que voa muito, não é que nem o passarinho que tá preso lá na cozinha, é que nem passarinho mesmo, por que eu não voo, cavalinho?, não é só bater o braço?, e se meu pai achar que toda essa água em volta é porque eu chorei muito? Minha mãe falou que se eu quero uma coisa eu tenho de rezar, pai nosso, que está no céu, faz eu e o cavalinho voar?

E Deus faz, e aparece uma mão que me puxa pro ar, pro verde amarelo azul e branco do ar, e Deus é igualzinho o meu pai.

* * *

Um milico à porta do quarto entra e se serve da jarra d'água ao meu lado na maca. Ainda tento lembrar da surra que antecedeu minha ida ao hospital, mas não consigo distinguir até hoje entre aquele dia e outros tantos, um amigo disse que conseguiu documentos sobre a nossa prisão, nessa de contarem a verdade liberaram algumas informações, conseguiu com um amigo de um amigo de um amigo, um coronel morreu e deixou um baú cheio de papeis, dentre eles um que registra as nossas entradas. Eu xeroquei o documento, posso passar na sua casa e deixar, marquei dia e hora com ele, mas quando ouvi a campainha tocar, fingi que não estava.

As algemas me prendiam à maca. Quando o milico entrou, fingi que dormia, uma forte dor no estômago me impelia a apertar a campainha e pedir remédio, mas a dor também me estancava a reação, enquanto eu estivesse ali, ali eu estaria, como nos corredores-passagem da infância, neles eu não estava nem em um lugar nem em outro, mas na fronteira, e podia respirar tranquilo até que me levassem para onde eu não sabia.

Um médico entra junto com o militar e pede que ele me tire as algemas, passam cinco minutos discutindo a necessidade, por fim o médico consegue me desatar da maca e retirar o homem do quarto, levanto a camisa, ele apalpa meu estômago, pergunto se tem um jornal, ele meneia a cabeça que não e faz anotações num prontuário, vai até a porta, olha para os lados, leva o indicador aos lábios e me joga um pacote, companheiro, você tem de ser rápido, a dor some, coloco avental, camisa, calça e sapatos brancos e percorro com ele um corredor longo até a saída que dá numa pequena rua. No Fusca azul, Sara abana as mãos para que eu entre rápido.

Abro o quebra-vento do carro, ar morno, prédios, pessoas andam nas calçadas, fachadas de lojas, semáforos, padrão geométrico no calçamento, um vestido negro, uma pasta executiva na mão que carrega um relógio caro, Sara fala sem parar, não sei o que diz, sinceramente, tive de pedir para que repetisse tudo quando chegamos no novo aparelho; no caminho, o cinema que frequentávamos, o mesmo pipoqueiro em frente, o carro para na esquina de um cruzamento e, esperando para atravessar, estou eu, aos 13 anos de idade, vestido com as roupas novas que minha mãe me deu, meus livros embaixo do braço, vou para o primeiro dia de aula na escola, olho os prédios, os prédios que nunca existiram e nunca existirão em Ordem e progresso, corro quando o sinal abre, não sei quanto tempo me dará até que eu atravesse, e sumo, sumo enquanto Sara me sacode.

O aparelho novo, como os anteriores, não tem móveis. Dessa vez são dois colchões de solteiro dispostos na sala minúscula, Sara conta que me esperou voltar no dia em que fui preso, esperei quatro horas como combinamos, aí percebi que você tinha caído, peguei as coisas e fui embora. Ela me pergunta como foi, eu pergunto como me descobriram, como sabiam que eu tinha parado no hospital, Sara quer saber o que fizeram comigo, pergunto quem ainda resta na organização, quase ninguém, mas meu pai já deu um jeito nisso, o pessoal que te buscou é do partido, temos outra missão, vamos embora da cidade, Pedro, a gente vai preparar o povo para a luta, vamos pro meio do mato, de lá a gente forma uma corrente de resistência e depois desce e faz a revolução.

Quando Seu Altino me falou do Berocan, lembrei do rio de meu avô e do rio de Belisário, imaginei uma mistura dos dois, tenacidade e geografia, e escrevi sobre ele em folhas de papel que rasguei depois.

Rodoviária, rodoviária, rodoviária, barco, estávamos acompanhados de uma mulher chamada Marina, ela trazia e levava os companheiros ao Berocan. Da poltrona número 12, observo os cabelos de Sara, na poltrona número 8; ela havia pintado de loiro e lia uma revista feminina.

Quanto eu soube Sara? Quanto ela me soube? Soubemos o possível: Sara sentada nos degraus da escola com a carabina na mão, Sara no meio da mata com o uniforme escolar, meu corpo a se refletir no rio, o barulho da chuva às cinco da tarde a insistir na lataria do ônibus de viagem, e os prédios e o semáforo e eu a atravessar a rua em direção à escola pela primeira vez.

* * *

O som do piano enchia a nave da igreja e eu ajudava Padre Neto a recolher as contribuições dos fiéis quando entrou Justina, vestido vermelho, sandálias vermelhas, rouge vermelho, sentou-se na segunda fila, prostrando os joelhos na missa por um fio. Ela vinha vez ou outra, quem estivesse perto movia-se dois palmos para a direita, é possível que nunca tenham encostado em Justina, tirando sua mãe e seu pai. Na primeira vez em que a vi, ainda muito pequeno, o pai mandou desviar os olhos, ela no banco da praça rubra como a lua.

Tinham paciência no início, minha mãe conta. Justina nasceu surda, eu e seu pai sentimos pena da família, levei fraldas de pano, vestidinhos, fazia minhas preces por um milagre, mas ela foi crescendo e a mãe descobriu que não era apenas surdez, o avô da menina morreu e ela ria no velório, foi tirada à força, levou uma surra do pai até o caminho de casa e mesmo assim não parou de gargalhar, foi a noite inteira, a vizinha contou, ouvindo chicote e risada. Riu por um mês, manchando a reputação do avô, ninguém riria assim se o velho não tivesse feito coisa errada, só se sabe de uma pessoa até conviver com ela dentro de casa, mas parecia um homem tão bom, então por que a menina ri tanto?

Uma vez, aos doze anos, encontrei Justina perto do campinho de futebol, espiando detrás da árvore o Thiago sarrando uma menina. Ela tinha a mão direita dentro da saia enquanto olhava os dois, me aproximei e ela chorava. Perguntei se Justina gostava do Thiago, então me lembrei de que ela era surda, que burrice, e ela saiu correndo. Na volta para casa, passei pela pedra do sábio, em cima dela estava Justina, como havia subido?, conhecia o velho?, sentei a uns metros da beirada pra ela me ver, abano a mão para que me entenda, vem, desce, quero falar com você, passa uma hora e nada, ela abre a bolsa vermelha, tira o lápis, escreve e me joga um bilhete: acontece que o rosto me trai todos os dias – quando estou feliz, ele contorce minha cara e me faz chorar; quando estou triste, gargalho.

Ela me joga o lápis, no verso do bilhete escrevo: por que você não explica isso por escrito pras pessoas?, todo mundo acha que você é louca, amasso o papel com uma pedra dentro, arremesso. Ela joga o papel de volta: o sábio não permite que eu escreva, há uma maldição em Ordem e progresso, nada que acontece aqui deve ser escrito, nada que existe, aliás, pode ser escrito, quando é escrito não é, apesar de parecer; olhe ao redor e veja, muitas coisas neste lugar parecem e não são, se você colocar no papel o que parece estará duas vezes mais longe da realidade.

Ver-me-lho, já não me lembro quantos fonemas a palavra tem. Alicate, fio elétrico, manivela, vinte e quatro, quarenta e oito, setenta e duas horas na escuridão cortada num quadrado, não há hora luminosa nesses dias, não há tempo que os corte em dois, os cortes, os dias, os fios elétricos, a manivela, no chão um rato se move, a moça se parece com Sara, não é ela, as pernas abertas, o rato caminha-aninha a cabeça em seus pelos púbicos, no início eu apenas olhava o teto cinza e as paredes manchadas pela culpa, que culpa temos por estarmos aqui?, e no entanto o alicate, o fio elétrico, a manivela, pequenos sons que coleciono, os zumbidos não somem, alicate fio elétrico manivela, sons tímidos perduram para compor a música dos infernos, ou de Deus, o criador de tudo, peço aos sons que sumam, sumam, enquanto olho cinza o teto, Justina não mostrava o que sentia, ela possuía a maior bênção.

* * *

Corre o rio como correram tantos, nesse alagamento que se estende pelos descampados, alagamentos-homens, negros, índios, brancos, mulatos, no Berocan há um pouco de tudo, algumas pessoas sequer têm nome registrado, vieram fugidas para esquecer o ressecamento da terra e a ameaça de morrer, viemos atrás deles que se espraiam pelos matos, a roça plantada ao lado da casa de adobe, uma redinha, caçada na mata e festa de vez em quando nas pequenas igrejas que atendem os povoados; a morte da onça rende a pele pra vender e comprar fumo, papel de cigarro, café, açúcar – se não há dinheiro, uma arroba de arroz resolve o trato.

O Berocan de meu avô à minha frente para ser meu também, a voadeira corta caminho, um barulho de pedra beija o casco, sacode o barco, batiza o Berocan os meus cabelos, atmosfera álacre como avô Sebastião falava, ar fez par com a água e nunca mais se separaram, palafitas, uma mulher lava a roupa, a criança mergulha no rio, dois pássaros cruzam o céu quando chegamos à borda, árvores entrelaçadas por cipós, Marina aponta uma picada, o facão desfaz os nós, ela é mais velha que minha mãe e pouco fala, eu, Sara e ela andamos meia hora adentro, saímos numa roça, quem nos recebe é um companheiro negro de dois metros, o Zé.

Queria narrar esta história pelo fio de quem fui ao longo, aos cinco anos, aos dez, aos trinta, assim teria inventado as pessoas antes de conhecê-las para inventá-las mais uma vez depois; na casa de pau e palha às margens do Berocan, falávamos sobre elas, o Manoelzinho com a sua rocinha e duas mulheres índias, caçando, plantando, vivendo com folga de quatro meses entre um pensamento mais elaborado e outro, tinha chegado ao Berocan havia cinco anos, gostou de um naco de terra e ficou; como ele havia muitos, a gente discutia como se podia viver naquela miséria em nuvens negras de insetos, nós vamos melhorar a vida dessas pessoas, esses homens não são nem donos de suas terras, as mulheres morrem parindo, não há remédios, nem escolas, nem direitos, nem futuro, não sabem ler nem escrever, não não, nem nem, precisamos mudar isso, vamos mudar isso, vai chegar o dia em que.

Pelo dia em que, eu e os companheiros acordávamos, capinávamos, plantávamos, regávamos, colhíamos, cozinhávamos, depois uma hora e meia com toras à frente dos braços, nas costas, corríamos no meio das árvores, facão cindindo rápido caminho, nado com mochila nas costas, nado com companheiro fingindo estar desacordado, tiro ao alvo no útero da mata pra ninguém saber o que fazíamos; viemos pra cá pra viver na tranquilidade, seu Manoel, plantar rocinha e esperar passar o tempo, tá certo, rapaz, ele olha a mão do Lauro, lisa e branca apanhando arroz, oito horas na roça pra não encher sequer um saco, ô, moço, passa aqui antes do sol amanhã que eu vou mostrar pra você como se faz.

Cada terra é um trato, primeiro compreender seu vocabulário, proceder a coivara, ouvir seu jeito de receber a semente, devagar como fiz pequeno, observando meu pai a casar os movimentos das mãos com os dos grãos, convite à dança, chuva, vento, cara queimada e músculo a transferir força pra baixo até chegar nas sementes e explodi-las por dentro, subam, subam, é preciso esperar; não digam por que viemos, apenas se aproximem do povo e conversem, mostrem-se dispostos a ajudar, assim eu conheci Manoel, Antonio, Dona Graça, levava pó de café no fim de tarde e sentava nas redes pra contar de Ordem e progresso, sem falar nomes, o meu ainda era Lucas, inventei uma ficção chamada Lemos, falava das plantações de Lemos e do rio da minha infância, ao lado de uma fazenda com fartura de safra e de gado, por que saiu de lá?, eu queria um pedaço de terra que fosse meu, com a graça de Deus aqui você consegue, mas toma cuidado que lá pra cima é da família do Benedito, ele chega com o documento, diz que é dele e quem não sai acaba sumido que isso aconteceu com o meu cunhado, não foi, Antonio? Antonio desconversa, a Graça frita um dourado e me passa um prato de alumínio com o peixe e a farinha de mandioca; no dia seguinte, levo uns comprimidos de quinino para o menino dela, são quatro comprimidos no primeiro dia, três no segundo e no terceiro, se não melhorar a gente muda a dose, muito agradecida! Aqui é assim, a uma generosidade se segue outra, pela boa educação e por precaução de não ser pessoa má considerada, o homem não é tanto o que fala, mas o que age, digo as palavras de meu pai nas reuniões, os companheiros gostam.

Queria poder contar: mãe, estou no Berocan, três horas da tarde deixo o ponto de apoio e caminho até o rio pra ver o pôr do sol ensimesmado com os barulhos das aves, o sol é o mesmo, se você estiver olhando pra ele estamos juntos, Ernesto sobe numa árvore, minha mãe esmiúça o horizonte da varanda, Lina faz o mesmo enquanto borda um punho de camisa sentada nas escadas, Letícia acaricia a meia-lua da barriga, Padre Neto aparece pra tomar café, a mãe o convida para dentro, o pai entra, Lina entra, Letícia entra e volto à casa.

Onde você esteve? Todo dia eu saio às três da tarde pra chegar a tempo de ver o pôr do sol no rio, não tinha percebido? Companheiro, você não pode sair sem avisar, as obrigações vêm antes dos desejos, me desculpa, mas só porque ele era mais velho mandava em tudo? Zé se aproxima gateiro, percebe a farpa em minha boca, que foi?, ah, fui ver o pôr do sol e levei um pito, você caminhou até a beira do rio?, sim, faço isso todo dia, ah, é?, amigos, o companheiro Lucas está aqui não faz nem um mês e já consegue se localizar na mata. Amanhã ele vai ensinar a vocês essa proeza.

No dia seguinte, saímos em oito, Lauro usava uma meia para proteger os dedos da mão em carne viva pela falta de intimidade com o facão. Digo a eles pra ficarmos quietos, a mata acontece nos sons, nos diversos tons de marrom e verde, cada árvore uma gradação, uma mancha e um padrão diferente de folhas, essa castanheira marca o meio do caminho, os olhos comuns nunca se deram bem por essas bandas, assim meu avô tinha me ensinado, veem a floresta como se ela fosse uma coisa só, e é, mas pra se mover na mata você tem de reconhecer as partes e depois integrar tudo, por que a gente não vai por aquela picada ali, que já está aberta?, Zé não me deixa responder, porque o companheiro Lucas é esperto, hoje a gente pode usar a picada, mas quando o bicho pegar, é o pior caminho: nela o inimigo nos vê.

No Berocan, as folhas do meu pequeno caderno.

duas bússolas
fita isolante
material p/ fazer fogo (checar se está tudo na mochila)
agulha
palavras censuradas
linha
O mapa de Martinios

lanterna
remédios
Vidas Secas
canivete
sal
cobertura plástica
cigarro

A espingarda transpassada no peito, o facão à mão, (quase chegando no rio), os companheiros anotam tudo. Pra que levar a mochila toda vez que a gente sai?, Sara reclama no meio da noite, o rosto picado pelos tatuquiras, não é pra agora, Sara, é pra gente se acostumar ao dia em que não poderemos voltar ao ponto de apoio, e outra: se você se perde, já pensou?, o que vai fazer sem a mochila?, mas eu já decorei os caminhos de sempre, você precisa entrar mais na mata, Sara, ir mais longe e conseguir voltar, você só me critica, aí nessa pose de quem sabe tudo, você é um idiota, Pedro.

Não basta andar, é preciso apagar os rastros, deixar a pisada da botina um quase, meu avô gostaria de Zé e seus chinelos ao contrário, ele anda e deixa pegadas invertidas, curupira toca os galhos das palmeiras, veja, essa é uma seringueira, um palmiteiro, um jacarandá, para os companheiros até ontem apenas árvores, passadiço de bugios que zombam, à noite o ruído se junta ao assobio triste e cansado dos mutuns, minha mãe deve estar se perguntando o que fez para eu ter saído da casa dos tios sem dar explicação, talvez tenha posto a polícia em meu encalço.

Ela tentou me ensinar a assobiar, aos cinco anos; eu soprava o ar e nada, foram os mutuns que me ensinaram, mãe, continuamos andando, andando, chegamos à beira do rio, mas o sol ainda não se pôs, sento e espero, quiçá você também me espere, a meia-lua se desfaz no horizonte aos poucos, amarela e rosa.

* * *

Bartolomeu Bueno persegue a Mina dos Martírios. Chega ao rio Vermelho, onde encontra a tribo dos pacíficos goyazes, cobertos de ouro nos punhos, nos calcanhares, na ponta dos colares e nos cabelos, eles sabem, mas não dizem, Bartolomeu Bueno insiste, índios calados; prestes a dar meia-volta, Bartolomeu abre o alforje e tira de dentro um prato, deita sobre ele aguardente e taca fogo. Ou me falam onde fica Martírios ou farei o mesmo com o leito de todos os rios. Os índios se ajoelham aos pés do feiticeiro, dão a ele o mapa da mina. Bartolomeu Bueno recebe para sempre a alcunha de Anhanguera, diabo velho.

Ouço seus passos ao caminhar pela viela verde-escuroclara, marco a canivete a umbuiama que separa meu destacamento dos companheiros do C, o que é área deles e área nossa, mas some a marca em questão de dias por mais fundo vá a lâmina, tenho o mapa de vovô no bolso, os pés do diabo estão sempre a uma respiração das minhas costas, ele quer para ele, eu sei; os índios devem ter desenhado a rota de Pranteiro para que ele a encontrasse e jamais saísse daquelas águas. As marcas. Afundo mais o canivete na umbuiama, dessa vez há de ficar, o bugio lança um grito que me espanta e, carabina na mão, volto o corpo a tempo de ver em minha direção um queixada. O corpo em movimento, corpo-máquina a prever a morte no punho, eu miro, ele bate as mandíbulas, tenho de acertar o meio da testa para frear essa avidez, meu ombro vacila, a bala crava numa sobra de barriga abaulada, devem haver outros aqui, que esse bicho não é de andar sozinho nem de atacar um homem assim a troco de nada, ele cai, o sangue dele a jorrar sobre as raízes da umbuiama.

Volto pra casa com o porco nas costas, fazemos uma fogueira. A lua cheia a clareira ilumina, sabe o marido da Luzia?, aquela moça bonita que tem o filho pequeno?, me viu com o livro na mão e li pra ele esses versos:

Vou falar sobre o país, da pior situação,

do camponês que é do Norte e, sendo valente e forte,

ainda passa aflição

Se você me ver mentindo,

Pegue a língua e corte a facão

E jogue dentro do caldeirão

Pra ser frito a óleo quente e comido pelo cão

Aplaudimos. É assim, devagar, com os versos, dizendo sem dizer, se aproximando sem falar por que, aproveitando as curiosidades pra levantar uma ponta de indignação quem sabe, o fogo de Anhanguera a crispar a pele do queixada, Zé ensinando a reconhecer um cipó-d'água, e falamos do povo, não não, nem nem, e os tatuquiras ferroando a pele branca de Sara.

* * *

Ver não mais o que é fora. O verso da pele como ponto de partida na noite corpo adentro. Três da manhã, o urutau bate as asas em minha aorta, não há onde nem quando se é passagem, a ave passa por, passa para, passa de, passa com, passa entre, passa até, não cabe à narrativa as preposições exatas, a ave bate desde e me pergunto se estarei quando formos eu e ela igarapé para os espíritos que passam.

Viro de ponta-cabeça para acordar o pássaro, ele assobia em meu ventrículo, é de manhã, hora em que despertam em mim seres que picam e me mordem o lado de dentro, não posso arrancá-los; urutau, persiga essa fauna, as formigas tocandiras me revolvem o interior da ponta dos dedos.

As tocandiras se reproduzem em minha garganta, deitado nas cordas vocais o susto a eclosão dos ovos; dos companheiros em círculo – a estudar Mao – sequer espanto, eles não vivem a multidão que carrego; no *Livro Vermelho*, entre o L e o I, os helicópteros me alcançam; entre o L e o I, as copas das árvores se abrem para a mira das metralhadoras; peço ao urutau: voe as tocandiras nesse ar de abate; asas, encerrem o coração na penumbra, desfaçam o caminho de minhas costas e pousem nos meus pés, Hermes em direção ao Hades, os companheiros tentam fugir, é natal de 1973 no Grotão dos Caboclos. Eles quasem.

* * *

22 de setembro de 1969. Dona Graça veio pedir ajuda à Sara, já que ela sabe tão bem o português, será que não pode ensinar as crianças?, os homens se juntam e constroem uma casa circular, fazem as cadeiras, a mesa, Sara professora, cada um na sua função, eu planto milho, mandioca, levo remédios e provisões de voadeira, troco ou vendo pelo mínimo, não é de lucro que se trata percorrer as dobras dos rios, mas saber quem está perto e pode um dia entrar conosco pra esse meio de lugar nenhum onde nunca passam médicos, professores, somos os únicos em quilômetros, crianças recém-paridas pelas mãos das companheiras ganham seus nomes, Sara foi com Rosa ajudar num pós-parto, a mãe prostrada diz não pra muita coisa.

Que mulher recém-parida não pode comer puba nem macaxeira, arroz e sal. Pediu a todos os vizinhos que, se avistassem, não matassem de jeito nenhum a arara vermelha. O marido descansa ao lado dela, veio da tribo veio de cima, e lá os homens se resguardam como se acabassem de dar à luz, ela diz que não precisa de nada, logo mais chegam os parentes trazendo a toá pra combater a diarreia da criança mais velha, Sara implora: não há tempo, estende os comprimidos para a febre do menino de oito anos, alguns deles são muito teimosos, Pedro, não é a maioria, os nordestinos aceitam tudo sem perguntar, mas essa coitada, você precisava ver o brilho no olho dela pensando no pai, ele ia chegar pra fumigar cachimbo de palha de palmeira pra limpar a casa dela... Ela pegou no cós da minha calça Lee, pensa... Quase morrendo e deslumbrada com uma calça Lee...

* * *

Cuidados com animais e vegetação:
- Nas lagoas rasas tem anaia-de fogo com fenão. Não entrar de uma vez. Tem de arrastar o pé pela areia para assustá-las. A picada dá febre e amolece a carne em volta. A cicatriz é para a vida inteira.
- Capim ananha-gato: desviar. Acaba com a pele, deixa uns lanhos vermelhos. Não coçar, senão inflama. Foi conselho do Manoelzinho.
- E algum dia parar numa praia de areia branca, não dormir. De madrugada, as onças aparecem. É pra dormir no meio do mato, com as costas na árvore, atrás de uma folhagem densa. O Expedito disse que ia armar duas redes de índio (cotnar).

Sara para a leitura do meu caderno com a chegada de Dona Graça convidando pro vatí, penso em Padre Neto, o que diria ele sobre essa tradição dos encantados, habitantes do mundo mágico que baixam de vez em quando pra dar conselho, fazer atendimento, pulam de corpo em corpo nas noites de tambor e curam, são demônios, ele diria, claro; eu, Sara e Lauro assistimos Dona Graça se contorcer, Zé diz: o encantado pode acompanhar a vida inteira de um sujeito, quando o sujeito morre, o filho pode herdar o encantado, ele vai seguir as mortes, os nascimentos, aproximar e afastar as pessoas daquela vida, de outras, costura os eventos na surdina, se deixa ver quando quer, vem quando tem de vir, quem veste um encantado nunca mais é a mesma pessoa e às vezes entra mais de um, Sara resolve dançar, o encantado ou os encantados em Dona Graça dão uma rasteira nela, Zé acode, Antonio não faz nada do outro lado, se um encantado derrubou é pra deixar cair, e Zé leva embora Sara.

Dona Graça desveste a voz, os movimentos e me chama, Antonio contou, espero que a Nilse não tome raiva. Eu posso falar direto com um encantado?, se ele quiser falar, sim, mas nunca vi acontecer, quem incorpora passa a vida recebendo pra perceber que o encantado não é completamente separado, eu e ele conversando é assim: ele fala e eu falo, mas a fala não é uma nem outra, a fala é *no meio*. Se eu quero falar e ele não, a fala não acontece, a gente fala nem só eu nem só ele, nem nós; quando acontece a fala, falam junto outros seres, não só seres – matérias –, tem coisa que você nunca pensou que podia falar e de repente entra em você e fala, sai de você e fala, são muitos ditos que os encantados da mata vêm trazer.

É assim, eu vou contar de uma viagem e dizer do jacomã guiando a ubá pelo rio, vou falar do sol, do vento; se fosse um encantado contando, ele entraria no rio no sol no vento e no meio do caminho deles a história se faria, de todo mundo e de ninguém ao mesmo tempo, porque as palavras vêm de onde nada se sabe, demora anos pra entender o que cada coisa diz, os encantados trabalham minha família faz muito tempo, até hoje alguns ditos eu não sei, só sinto, deixo vir e repito o que foi passado.

Eu soube que a Nilse e a Rosa foram ajudar a Potiri lá do rio Crixá, fala pra elas estarem despreocupadas, a Potiri tem três encantados na família dela, o menino melhorou muito porque o encantado está vivendo no amuleto do osso da anhuma pendurado no pescoço dele, e a febre se dissolveu no poder do encantado. Se alguma coisa partindo deles resolver encontrar você, pode deixar, eu aviso, mas não se anima, tem de ver nos ouvidos e ouvir nos olhos, demora.

* * *

Manoelzinho, seus filhos podiam estudar, quando eles pegam leixo você tem de mover seu burro trinta quilômetros pra pegar remédio, não é certo, você é um cidadão e o governo não está nem aí, ah, meu filho, eu não mexo com essa coisa de governo não, seria bom se os meninos estudasse, mas você sabe que pra roça o braço é importante, meus filhos tudo ajuda, e a gente planta e colhe e essa colheita então tá uma beleza, agora se vão tudo pra escola... como faz pra panhar o arroz?, o meu mais velho tá trabalhando na panha de castanha, dessa vez foi pro Castanhal do Assis, lá é bom, eu tive um primo que trabalhou num castanhal mais lá pra baixo, que esses Deus o livre, tem castanhal que os homem tranca dentro, você panha e na hora de sair você ganha a paga em bala, a família vai atrás e todo mundo desconversa que não adianta é falar nada, agora eu vou ficar me procupando com o que poderia ser?, tá ruim, mas tá bom, aqui a gente passa uns aperto de vez em quando, mas é assim mesmo, os homem do governo nunca vai estar procupado com nós porque é até melhor que deixa nós em paz porque a polícia é do governo, não é? A polícia é tudo mandada dos propetários, seu Lucas, não está aqui pra defender nós não, você vê, o irmão do Antonio começou a falar dessas coisas e ninguém sabe dele, agora eu vou me meter na falação do que o governo tem de fazer?, eles faz o que faz e a gente segue a vida, pra mim quanto mais longe melhor que se vier pra perto é capaz de piorar.

Dona Graça dá mais abertura. Caminhou duas horas no sol pra falar pros padres cobrarem o bispo pra cobrarem alguém de importância: o Zé e o Mulito compram as peles dos gatos e agora tão trabalhando junto e resolveram puxar o preço pra baixo e já me disseram que se reuniram eles e mais quatro, e daqui a pouco reúnem todos e não vai ter nem conversa pra quem é mariscador, meu marido vai trabalhar a troco de nada, passar o dia inteiro no mato com risco de ser mordido e não voltar, ou voltar pra não ganhar nem o do fumo e o da roupa, e isso não pode que é uma exploração que não se faz nem num animal. Cala a boca, Graça, ah, larga de ser bobo, Antonio, o Mulito vem aqui e ele ainda oferece café pra ele, vê se pode, Seu Lucas? Fica tirando cara de bobo pros outros que daqui a pouco falta é na sua boca.

Eu queria falar do Manoelzinho para os companheiros, mas eles podem pensar que me faltou jeito pra conversar, talvez eu não devesse ter falado em governo, pelo menos agora, o Zé disse que uma hora a gente vai falar abertamente, quando o povo gostar mais da gente e for a hora de lutar, mas por enquanto não, é pra dizer só enviesado, deixar o Manoelzinho perceber sozinho que está tudo errado, mas a gente não veio aqui pra ontem também, demora uns anos.

Dona Graça é bem considerada, sabe ler, de vez em quando alguém chega com uma carta pra ela, se meu pai me mandasse uma carta, ainda que eu não soubesse ler, jamais daria à Dona Graça, meu pai fala mal de todo mundo da lida, tudo preguiçoso, deve dar vergonha nas pessoas que vêm pra ela ler, a Dona Graça sabe da vida de muita gente, de vez em quando me conta uns casos, da Luzia que vai na missa domingo com a saia no joelho e a blusa de gola levantada, sabe o marido dela?, pois é, viajou e não volta mais, escreveu pra ela falando que por consideração estava escrevendo, mas não voltava mais porque não ama mais ela, a Luzia nem passa mais aqui na frente, tá quieta com o filho dela, agora vai ter de aprender a se virar que era o homem que fazia tudo.

* * *

Eu e Zé no meio do saranzal, não nos movemos. Ele imita o pio da fêmea e espera, mas nem meu avô conseguiu caçar um desses, até os índios têm dificuldade, o macuco azul é troféu de exímios caçadores, o jovem volta pra tribo com um e ganha a atenção de todos, o macuco não se aproxima à toa, não basta o pio perfeito da fêmea replicado pela garganta humana, é preciso criar a imagem da fêmea atrás do céu da boca, Zé assobia, os xamãs replicam a alma da macuca em sua língua, o assobio é manifestação, não fato, apenas aparência, o macuco se aproxima, move-se lentamente em direção a Zé, desconfia, mas desconfiar também é aparência, tenho pra mim que o macuco sabe quando vai na direção da morte, em direção à morte levam sempre as aparências, os assobios a esconder a alma atrás das coisas. Levamos o bicho pra casa, está vazia, Zé não esfola o macuco, ele esfolado ninguém sabe o que é e essa moral eu não vou perder, caminhamos eu, ele e o macuco até a casa do Padre Cid, de lá ecoa a balbúrdia da narração na rádio, vai, vai, vai!, 3 de Junho de 1970, Zé mostra o macuco e ninguém presta atenção, nem o padre nem os caboclos nem os sertanejos nem os companheiros, a casa do Padre Cid cheia, mas Benedito entra assim mesmo, ele tem várias terras na região, algumas tomadas do primo da Dona Graça que esbarra na antena do rádio e é xingado quando a voz do outro lado some. Benedito entra na cozinha e arruma um pedaço de bombril, ordena ao primo da Dona Graça que mantenha a antena firme, ajeita no topo dela a lã de aço e a voz volta no gol.

A carne do macuco é mais saborosa que a da galinha, acompanhada do biju e da cerveja de garrafa longe dos olhos do padre, estamos na venda do companheiro Lauro, ele montou pra se aproximar das pessoas do povoado que vêm atrás de fumo, açúcar, o de sempre, e acabam ficando pra conversar um pouco, a cerveja também é pouca, só hoje, por causa do jogo, que de bebida não podemos dar mau exemplo, eu vou pra trás do balcão e tomo um copo americano, ah!, a Luzia aparece e o Lauro se levanta lá do outro lado, todo sorriso pra atender a viúva, que ela passou na Dona Graça ontem e pediu pra combinarem assim: que ninguém ia ficar sabendo o que marido falou naquela carta, se ele não volta mais então ele morreu, isso eu não contei pro Lauro, a Luzia uma viúva fictícia de saia preta no joelho e gola preta levantada, ela vai até os fundos da venda e olha na pilha uma roupa de menino, o Lauro a segue, Zé o interrompe, a mão firme no ombro. Deixa que ela eu atendo.

Com mosquiteiro na rede a vida fica mais fácil. Sara já não reclama dos tatuquiras, até que eu gostava da cara dela empelotada, ela não lê quase nada do que eu anoto sobre a mata, sobre o nosso trabalho, amanhã chega mais uma companheira, dizem que de uma firmeza moral impressionante, o velho que falou, vai depender da atuação dela outras mulheres virem pra cá, Sara não gostou, esse velho se acha; pra você, todo mundo se acha, Sara.

É quase dia, daqui a pouco acordam os mutuns, lembro dos galos de Ordem e progresso, acordávamos antes deles e cortávamos o pasto guiados pela luz do Cruzeiro do Sul, vou pra fora observar as estrelas, acho que meu pai sequer desconfia, melhor assim.

Zé e Lauro passam um café ralo, conversam baixo, não pode mexer com a Luzia, Lauro, isso é muito sério, tem de seguir as regras, aqui a gente não vai entrar nesse tipo de entendimento com nenhuma mulher. Mas, Zé, não paga de santo que eu sei da cabocla lá do rio, Lauro, se você vai apelar, a conversa termina aqui, eu estou te dando um conselho que fofoca em lugar pequeno voa, e só bulir com a Luzia não pode e também não dá pra casar, companheiro, ela tem filho e uma hora a gente se enfurna na mata e aí, faz o quê?, deixa a mulher falando que você abandonou ela?

Se o Lauro se enredasse com Luzia, quando a gente sumisse na mata, ela diria que ele morreu também. Fui correndo contar a história pra Sara.

* * *

Orientações do Guerrilheiro:

- *O homem é o principal numa guerra, não importa o seu tipo.*
- *O aspecto político é o dirigente de qualquer luta.*
- *A moral depende da causa que se defende.*
- *Priorizar a guerra de guerrilhas como o método ideal de luta para nós (luta do fraco contra o forte).*
- *Ser, ao mesmo tempo, político, trabalhador e militar.*
- *Lealdade à causa, espírito coletivo, solidariedade, coragem e respeito aos bens, às mulheres e aos costumes do povo.*
- *Domínio do cenário onde se desenvolve a luta.*
- *A adaptação à vida local já é uma preparação.*
- *Disciplina.*
- *Indispensável apoio popular.*

O feijão de vara e a mandioca traçam jeito próprio de chegar; enquanto não vem a hora, se escondem em oculto crescimento, e os homens os esperam por saberem que o vir-a-ser é gerado em época seca, quando saem também para celebrar seus casamentos, e o vento discreto sopra os movimentos das saias ondulatórias, e embriões se fertilizam nas redes, fazem-se meninos e meninas que hão de plantar mandioca e feijão de vara pelas estações, e sentirão a mesma alegria quando arrefecerem as chuvas e os brotos derem mostras de que o trabalho foi abençoado, e poderão olhar, depois da igreja ou do culto, os meninos e meninas que foram e não são mais, agora de camisa branca e saia, o vento espia enquanto espiam as moças as camisas brancas e as lavouras dos namorados pra ver se sabem trabalhar, e se sim é uma alegria, pois podendo comer e dormir – que a palha ou a palmeira em cima do teto contam – julgam que o amor é possível, e os desavisados julgam que ele pode mesmo quando não há lavoura nem palha, que essas se constroem com mãos e boa vontade, e no meio disso tudo existem também as vinganças.

Essa narrativa cronológica que planta os costumes nas estações certas, os encantados desfazem quando querem, assim que se é pra contar de novo, a semente brotou antes de ser plantada e foi na época da chuva que veio o amor, quando o casal já tinha data marcada pra se encontrar e não sabia, e a coivara se encontrou com outra coivara pra contarem como era deitar fogo pra limpar a terra, e disseram que o fogo tinha se apagado apenas aos olhos dos lavradores, eles não viam: o fogo jamais deixou de queimar, as coivaras nesses lados são eternas, e os filhos das sementes já estavam dentro delas, assim como as moças tinham dentro de si as moças que viriam e as falecidas que viveram antes delas.

É preciso organizar a narrativa, e as histórias contadas à luz das lamparinas de querosene davam conta de que a vida acontece como no início do parágrafo, um fato depois do outro, nascer crescer envelhecer morrer, o ciclo da vida ensinado por Sara às crianças.

Juquinha, o filho da Luzia, era de quem eu mais gostava. Era Juquinha mesmo?, acho que sim. Ele começou a desaparecer dois meses antes de o pai mandar a carta à Luzia dizendo que não voltava. Era o menino mais negro de todos os meninos negros do Berocan e desbotou, embranqueceu-se no passar dos dias, sumindo-se encostado nas paredes brancas da igreja. Conta Dona Graça que o pai dele era protegido por um encantado e que, indo embora, o encantado mandara sequestrar a imagem de Juquinha, o fio de DNA do pai sumindo-se aos poucos dos fenótipos do filho, translucidando o menino. Se sequestram a sua imagem, me disse Dona Graça, você pode até estar aqui, mas passa a morar em outro lugar e o que fica é só vestígio. Juquinha foi de negro pra mulato, pardo, branco amarronzado, branco do branco, até debruçar-se na beira de uma grota e se ver ali, traduzido na transparência das águas.

O que será feito de Luzia a quem não perdurava marido, filho, o sorriso do Lauro, a mandioca?, perdeu até a vergonha segundo contou mais tarde Dona Graça, subiu pro garimpo pra velar entre as pernas as próprias desgraças, será que ela gostava?, a saia longe do joelho, a gola devassada mostrando os seios que haviam alimentado um filho negro das águas, o que será feito desses seres que passam, e a escrita me obriga a reconstruir em frações restritas a tão poucos atos? O que ainda é de Luzia?

* * *

Berocan é verbo. Sujeita seus nascituros a lavrar, mariscar, quebrar coco babaçu, lavourar, de forma que se até aqui coloquei os sujeitos à frente dos verbos, e não os verbos à frente dos sujeitos, desconfie. Primeiro, prende-se o machado bem amolado no chão com o pé. Apoia-se o coco babaçu centralizado no dente do machado e bate-se no centro do coco com um pau. Quando o coco partir em dois, pega-se uma das bandas e bate-se de novo, então surgem duas novas bandas, de onde se tira quatro sementes comestíveis. Dez horas a amolar, prender, apoiar, bater, tirar semente, os verbos aqui não contam de quem faz, resignam-se os seres a eles. É o sujeito ou o verbo que vive? Berocan. A relação sintática entre verbos e sujeitos indeterminados forma orações subordinadas num perímetro de vinte mil quilômetros quadrados.

Sara já se guia melhor, sabe plantar, colher, nascer crianças, põe sílabas em suas bocas apontando um céu de quadro negro. Vou escrever um livro infantil com as histórias daqui, ela diz, e anda mesmo a rabiscar quatro linhas por página, ilustrando-as com desenhos horríveis que nunca se parecem com o que ela quer aludir. Ela recebeu uma carta de Seu Altino faz três meses, ele continua a fazer a ponte entre nós e quem está na cidade, e chegam companheiros selecionados por ele para vir aqui, o sonho de todo pai: escolher as companhias da filha, brinco, Sara sorri, e tudo parece tão certo que tenho vontade de escrever ao meu pai e explicar que ele sempre esteve errado, a fazenda nunca foi nossa, como não é dos homens o espaço sobre o qual constroem seus prédios, os bois também nunca foram nossos, nem a colheita, pai, seria como querer-se dono da chuva, se a ela fosse possível conter numa cerca.

Quanto mais se delimita espaço, menor vamos ficando entre cercas e placas e hectares e cabeças de boi. Ontem sonhei com o sábio da pedra, não escreva ao seu pai, quando você nasceu, ele gravou numa pequena caixa o seu nome e colocou lá dentro tudo o que você era; se você escrever, ele não lerá, e sim à caixa onde foram postas suas cinzas quando o óvulo de sua mãe foi fecundado. Lembre-se: todo berço é acompanhado de um túmulo. A caixa pode ser destruída, Justina fez isso com a dela e mora comigo em cima da pedra, mas, ouça, é preciso que os pais a devolvam, e raramente eles o fazem, Altamir Naves será enterrado no dia em que você tiver acesso a sua caixa.

Acordei com Juquinha, o filho de Luzia, sacudindo meus ombros, deixando em mim suas manchas brancas; Juquinha, sua mãe chora todas as noites procurando você, volte para a casa e ela não irá para o garimpo, mas ele não entendia de quem eu falava, talvez tivesse destruído a caixa da mãe e não pudesse voltar. Vá avisar Zé que um de vocês fugiu e não volta mais – ele me diz –, no Castanhal do Assis tem dois soldados perguntando por vocês. Sacudo Sara na rede oposta e passam pra ela as minhas manchas brancas, Sara, acorda, acorda!, nós fomos descobertos.

* * *

Passo a ponta dos dedos pela rede que Expedito me deu, afago o trançado, estou a alguns metros do chão, protegido pelos galhos da lhamandra. Toda vez que subo a árvore, o rio vem dormir embaixo do meu corpo. Escrevo no escuro, imaginando a pauta em linha reta, traço o nome de Sara, onde ela estará?, as palavras-representação do que penso, mas elas não são nem o que penso nem Sara e onde ela está. Desde que o homem inventou as formas de representar (a palavra para o pensamento, um pedaço de papel para um valor), ele consegue projetar o desejo num signo ficcional. Desejo é imaginação.

Não tomo banho faz dias, os soldados circulam pelos igarapés. Parece que faz pouco tempo, eu e Lauro cavávamos a entrada de um pau oco de mogno, colocando na barriga da árvore prateleiras de pau com milho, farinha, feijão, sal, remédio e munição. Passei pelo mogno ontem, derrubaram, fui atrás dos depósitos subterrâneos, cavaram e esvaziaram. Malditos.

Não pude dizer para Dona Graça por que íamos entrar na mata, falei que sumiríamos um tempo. Combinamos com ela e seu Manoelzinho que cuidassem da nossa roça, dos animais e levassem fumo em dez dias para o Igarapé das Rosas, a gente se vê lá, de vez em quando eu apareço na sua casa, fique tranquila, não é uma despedida, é só um até logo.

Sara e Rosa passam óleo queimado nas latas antes de escondê-las com os mantimentos embaixo da terra; assim é melhor pra não pegar umidade. Dentro da mata, uma camada fina de vapor cumprimenta tudo, nem a cobertura plástica dá conta, eu nunca me sinto seca, é um inferno, daqui a pouco acostuma, pior são os tatuquiras, as tocandiras. Pior é esse palavrório de vocês, sabendo que os homens podem estar perto. É a sua vez de fazer a guarda, Lucas, me agacho dentro de um pau oco deitado ao chão, faço um buraco na madeira por onde posso observar e estender o cano da carabina, só a pontinha. Nesse hiato sem alma e sem contraste há apenas peso-movimento-som, a matéria caça e se esconde, copula e morde, instinto e memória no fio dos caninos. Os bichos projetam-se, saem de suas cavas, passam perto do pau oco em que me guardo e cheiram a fresta, recolho a ponta da carabina para que não a vejam os seres camuflados, falta apenas um minuto, as copas das árvores se agitam, a luz desce-derrama, solidãocéu como no início de tudo, no princípio de tudo era o Verbo e o Verbo estava com Deus e o Verbo era Deus. E Ele, por meio do Verbo, disse haja luz, e houve luz. E viu Deus que era boa a luz; e fez Deus separação entre a luz e as trevas. Zé me mostra os dois olhos negros pela abertura. Pode voltar pra base.

* * *

Do lado da base, à beira do igarapé, uma cachorra como todas as vira-latas, a cauda a abanar, o pelo curto caramelo, a unha a coçar a orelha, a orelha em pé percebendo qualquer coisa que me passa batida, então a cachorra vem, a barriga cuia balançando, abaulamento estranho ao resto do corpo, grávida a cachorra, com as costelas aparentes. E os olhos da cachorra são o Berocan nos dias de enchente, quando o barranco das margens se verte pra dentro do rio, amarronzando o leito. A cachorra deita a cabeça nas patas e as patas aos meus pés. Sobe os olhos castanhos e coloca a língua pra fora e passo a mão na cabeça dela.

À noite, na rede, sinto o mosquiteiro se mover. A cachorra afasta a ponta e me desprotege dos tatuquiras, vá embora!, ela dá um passo pra trás e, quando cochilo, volta a morder e arrastar o mosquiteiro para o lado. Encho de água um vasilhame e chamo a cachorra pra fora, ela não vem. Olho pro céu e pro Cruzeiro do Sul, pelo qual nos guiamos na mata quando as copas das árvores descobrem uma nesga de céu. Volto a me acomodar na rede, a cachorra a cinco metros, com o queixo apoiado em meus chinelos, ao lado da enxada, os olhos abertos.

Acordo com o focinho dela a me cheirar por trás da rede, venceu a proteção do mosquiteiro, coloca-se embaixo de mim e me desperta, olho o relógio, teria mais duas horas de sono, pego o vasilhame com água, vem cá!, estendo minha mão em direção à sua cabeça e os olhos castanhos se iluminam, o rabo eufórico, o vasilhame na outra mão, se eu virar a água na cabeça dela, ela se assusta e vai embora. Baixo o vasilhame. A cachorra pula na rede e dorme entre os meus pés.

* * *

Não haverá mais inverno nem verão. Quando chegar esse tempo, o povo deve ir atrás das bandeiras verdes, para depois da caatinga, e lá devem se refugiar.
— Padre Cícero

A companheira Tina, da qual nunca falei, podia ser a pessoa mais importante dessa história se eu quisesse. Ela não errava a pontaria. Não perdia para nenhum de nós. Raspou um tiro na cara do major e, por causa dela, os soldados têm medo de entrar na floresta porque ela corre deles e ri, e o povo diz que Tina é valente e, na esquina da samaúma, dou com ela ralando babaçu pra comer, o 38 enferrujado na cintura, o cinto afivelado no último buraco, essa mania de enumerar detalhes para formar uma cena, Tina está calada, o tênis topa tudo rachado, da minha mochila saco uma fita isolante, ela nem ergue o braço. Apoio sua sola em minhas pernas, uno as bordas rasgadas do tênis e a fita esconde o rasgo. Novinho em folha, ela diz.

Ela sente (fome, frio, medo, saudade, arrependimento, coragem, esperança, mágoa, desesperança, vontade), escolha você. Coloque aqui um vocábulo que caiba. Aproveite a enumeração lá de cima e siga no mesmo caminho, se acredita que basta uma fila de palavras. Eu preciso ao menos de alguém a preencher aqui qualquer coisa _____, uma palavra que você tenha querido dizer e não disse, diga para Tina o que eu deveria ter falado, você pode argumentar que ela só aparece neste capítulo, não a apresentei bem para que tenha por ela algum afeto, mas é necessário que você goste ou se identifique?, talvez as livrarias devam comercializar, de agora em diante, ecos. Vá, tente, se coloque _____ no meio dessa frase para eu sentir que conversamos, que não estou só no meio da mata, à frente de Tina, reduza-a você também; todo personagem tem, inevitavelmente, o seu tamanho.

Estamos nós dois, eu e você, sentados no chão da mata e Padre Cícero aparece: O que vocês estão fazendo aqui? Eu disse que era para o povo vir, não vocês, e por acaso não seríamos também o povo? Preencha aqui o que é o povo: _____. Se temos dificuldade em falar de Tina, para Tina, por Tina, talvez pelo povo seja mais confortável. O que é o povo: _____. Do que o povo precisa: _____. Quem está a favor e contra o povo: _____. A marcha está a nossa frente, vinte mil almas pereceram antes de chegar às bandeiras verdes, os corpos caíram, mas não perceberam e seguem andando.

Eu e você no Igarapé das Rosas, tiro o livro de Mao da mochila e noto que o nome próprio do chinês é anagrama de "amo". Vamos de quê agora? A primeira pessoa do presente do indicativo do verbo amar entra na floresta, o dono de uma casa, um proprietário de uma estalagem, um preceptor, o fazendeiro dono do boi. Escolho Altamir Naves. Fuja, meu filho, não foi pra isso que te criei, você sai do igarapé e pousa a mão no ombro de meu pai como um dia fiz há muito tempo. Pai, me empreste os fonemas; se eu os reorganizar, posso dizer à Tina qualquer coisa que não sejam as lendas que circulam sobre ela, o Padre Cícero tira a batina negra e a prega no tronco da seringueira em que Tina encosta o corpo, escorrem as lágrimas da borracha, passos próximos, doze homens se aproximam para pregar a boa nova.

João de Barros, Aires da Cunha, Fernão Álvares de Andrade, Lopes de Sousa, Duarte Coelho, Francisco Pereira Coutinho,

Jorge Figueiredo Correa, Pero de Campo Tourinho, Vasco Fernandes Coutinho, Pero de Góes, Martim Afonso de Sousa, Pero Lopes de Sousa. Os doze capitães de Tordesilhas são os donos da metade do país em 1534. Ó, Vasco, vejo que por aqui as coisas não mudaram, as capitanias apenas têm amos diferentes. Quem são essas pessoas? Respondo que somos o povo, eles sacam os arcabuzes, você fecha o livro, peço a bênça a Padre Cícero, Deus abençoe, os arcabuzes continuam apontados, Padre Cícero passa para o lado dos portugueses.

* * *

Sara chama a cachorra de Vida. Sempre gostei mais de gatos; uma vez, fiz uma trilha de presunto no chão de casa pra atrair o preto que aparecia na cozinha e saí fechando todas as janelas quando ele entrou. Fui para o fim da trilha, atrás do sofá, ele comeu o último pedaço e se virou sem me olhar, pulou no batente próximo e arranhou a madeira, chamei o bicho, se você ficar eu roubo mais presunto, mas Sininha apareceu e abriu todas as janelas.

Agora essa cachorra, Sara fica dando comida pra ela, acostuma mal, a vira-lata me pula na rede todas as noites e põe a cabeça em cima dos meus pés, até que aquece, ontem acordei com a testa dela no meu peito, a barriga em cima da minha, quando eu acordo ela levanta a orelha na mesma hora, estende a pata e toca no meu ombro pedindo pra eu dormir mais. Nos treinamentos fica de longe, dá uma volta em torno do próprio rabo a cada estampido, entro no rio com a mochila cheia de armas, e ela só focinho fora d'água. Falei pra Sara parar de alimentar que amanhã vou levar ela pra Dona Graça, dou um dinheiro pra ela cuidar, mas Zé conta que o caminho está cheio de militares e você não vai se arriscar, a partir de agora ninguém sai desse perímetro sem a minha permissão.

Bené trouxe carne de veado mateiro e macaxeira, mas nada me para no estômago. Ontem, quando eu e Zé marcávamos umas árvores como ponto de referência, ouvimos dois soldados conversando numa ilha de areia diante de um riacho. Nem terminaram. Um dos soldados caiu na mira certeira do Zé e o outro saiu voado. Só me vem à mente o guarda do banco, era ele ou o Bernardo, nem lembro da cara dele, isso que é mais doido, peguei meu caderno e tentei desenhar, veio um coturno, um uniforme cinza, a pistola na cintura, mas quando chego ao pescoço tudo some. Sara perguntou a Zé como foi, o que ele sentiu, mas Marina falou pra ela parar de falar bobagem, não interessam os sentimentos, Nilse, apenas a revolução.

Marina trouxe hoje um casal de companheiros. Eles também me perguntam do guarda do banco, não estou a fim de conversar. Tento escrever um poema, mas sai:

a bala do Zé/ a minha bala/ a bala dos milicos/ as nossas balas/ são do mesmo calibre.

Me inteiro com Bené sobre a colheita dele, vai bem, seu Lucas, esse *Seu* sempre aparece, até a Graça fala assim, só dispensa o tratamento de vez em quando, se Antonio está para dentro do mato, de qualquer forma eu também a chamo de Dona Graça, mas porque ela é mulher e todo mundo a chama assim, os companheiros não me chamam de *Seu*, só a caboclada, eles olham qualquer um que vem de baixo, ao qual chamam Sul, e somos *Seus* e *Donas* e se aparecer alguém da cidade, mesmo tendo 15 anos, capaz de chamarem do mesmo jeito, somos os *Seus* e *Donas* do Sul, se bem que agora, começada a batalha, Bené disse que a gente é chamado de povo da mata. Tentei animar o Bené a se unir à gente, mas ô que eu não posso fazer isso não que eu tenho filho e mulher, rapaz.

Antonio e a Graça trazem as caixas de glucantime, a companheira Rosa tá com leixo espalhado nas pernas, peço pra Graça ficar com a cachorra, estendo um maço de notas que dá pra uns bons meses, mesmo sabendo que não se gasta com cachorro aqui. Antonio afaga a cabeça da bicha, Sara ouve a conversa e me manda tomar no cu na frente dos companheiros, da Graça, do Antonio e do Bené. Não tem o mínimo respeito. Antonio me chama pra caçar, se você pegar um gato eu vendo a pele pra você, Sara não fala comigo, sequer me olha, eu vou, deixei recado pro Zé, nem pedi permissão, não tô no ginásio pra ficar aguentando essa passiva-agressiva de graça.

São quatro tipos de onça; segundo Antonio, a preta e a vermelha não valem nada. A preta de malha encoberta e a pintada com as malhas grandes, sim, essas têm peso de ouro, Antonio, você chegou a conversar com algum soldado?, conversar mesmo não conversei, mas eles não foram lá perguntar de nós pra vocês?, foram, então você conversou, não conversei não, mas se não for incomodar, eu queria saber se o que eles falaram é verdade, e o que falaram?, que vocês são bandidos fugidos da cidade, e alguém acreditou nisso?, acreditou não.

No silêncio lusco-fusco, uma onça preta de malha encoberta se aproxima da árvore em que estamos, meu gato da trilha de presunto cresceu, as luzes sobem em procissão chãocéu, latidos, Antonio se assusta, o gato corre, viro. Atrás de mim, o olhar fluvial da minha cachorra.

* * *

Setembro de 1970. As tocandiras entopem as veias de Pedro Naves. Nosso protagonista se apoia no tronco de uma castanheira. Os encantados recolhem do chão o espírito da grande árvore. Levam-no a 500 quilômetros do Berocan, onde o general aplaude feliz a derrubada de 50 metros de madeira e coloca ali um mastro. Está transposto o primeiro obstáculo em direção ao progresso. Traremos homens sem-terra para esta terra sem homens. Convidaremos indivíduos de trabalho e boa fé, de todos os cantos do país, a se juntar no esforço sagrado e patriótico de integrar a nação de Leste a Oeste, de Norte a Sul para habitar as regiões pouco povoadas. Aqui serão felizes neste solo abençoado, com suas famílias e seus filhos em propriedades doadas pelo Estado, que espera da população a grandeza inspiradora deste território cheio de riquezas. Vamos em frente, Deus está conosco. Marcha a retroescavadeira.

Ó, Vasco, nada mudou neste sítio, chame Bartolomeu Bueno para ver o tamanho deste buraco, mas se ele ainda nem nasceu como irei buscá-lo?, Ó, Vasco, não me venha com picuinhas, o nome não nasceu, mas a mentalidade sim, e vive aqui eternamente. Devíamos ter batizado esta corriola continental de Pretérito Imperfeito, até hoje se viram mal à cuia, atolam.

Há, sob o solo da floresta, caminhos percorridos à guisa das derrubadas, o general inicia uma como se fosse grande novidade por aqui botar as árvores abaixo, as pernas de Pedro Naves cedem, o coração, quantos dias malária-escavamento-vaivém?

Dizem que uns posseiros ganharam umas terras, que vieram nordestinos atracar suas esperanças e, na abertura da clareira, encontraram Pedro Naves e ofereceram levá-lo até um posto médico no lombo de um burro, mas ele não quis, esperou Zé voltar, tomou remédio, as tocandiras fazem barulho ao andar, a floresta à noite é tão fria que chamo a minha mãe e peço que me cubra, Lina, deixa eu dormir na sua cama, mas dou com o tronco de uma castanheira e resolvo me encostar, uma risada longe me pega pela mão e passeamos acima das copas das árvores enquanto Zé mede minha temperatura e manda chamar Hefesto, quem é Hefesto?, eu e os encantados deixamos Zé cuidando do meu corpo e voamos 500 quilômetros, os veios da mata cortados por tratores que chegam em grandes jumbos, e se caírem?, pergunto ao céu: e se caírem? Diga-me você que conta agora: e se caírem?

Cairemos todos, somos todos decaimentos, o que sobe ao céu e volta à mata e verte ao rio e circula pela botina sua e dos soldados, somos juntos, falasse o dia em que aqui chegaste sem saber que era início da ida e se tudo está confuso é porque coerência é sempre a morada dos estúpidos, e donde se chega se não há causalidade e de repente se nasce, eu te batizo, Pedro

Justiniano Coriolano Naves, ao lado dessa castanheira, corte a canivete a fresta, abra no veio da árvore o caminho para que as tocandiras saiam. E as tocandiras saem uma a uma de meu sangue batizado. E Zé me cobre a testa com unguentos e digo a ele que os encantados falaram comigo. Quem, Lucas? Estou só eu e você aqui, meu amigo. Eles falam, Zé, eles falam comigo.

* * *

A gente vai até lá, dá uma olhada de longe. São só dois ou três soldados dentro do posto, é chegar, entrar rápido, render os homens e pegar as armas. Vou eu, Zé e Lauro. Com essa altura toda é difícil você ser discreto, Zé. Vai colocar entrave na minha altura, companheiro? Não, falei só por falar. Pessoal tem reclamado demais do Raimundo Nonato, depois que a gente fizer a ação, vamos ganhar moral, que o povo está por aqui de tomar enquadro dele, todo mundo vai comentar e logo mais a gente vai ter uma penca de camponês pra dentro dessa floresta, vocês vão ver.

A cinco metros do posto policial, Zé tocaia Raimundo Nonato a fumar do lado de fora, quando ele entra nós avançamos, pé na porta, mãos ao alto, recolhemos as armas, os policiais ficam trancados apenas de cuecas.

Comemos uns tucunarés hoje em comemoração à rendição do posto, às dez armas conquistadas, dei umas sobras pra cachorra junto com arroz, ela fugiu da Dona Graça e me segue de volta até lá quando vou buscar fumo, Seu Lucas, ontem uns homens passaram aqui pra perguntar se tinha gente nova na região e respondi só a gente de sempre, eu acho que eles querem alguma coisa com vocês, o que eles estão querendo com vocês?

Rosa prepara o tucunaré muito salgado, a cachorra sente sede e sai da casa da Dona Graça, lambe no igarapé a imagem de Juquinha no espelho d'água, o menino que era preto e ficou branco, e se eu tomar esse atalho que não se prende a nada e passeia de mim pra cachorra e dela pro Juquinha é porque chega o momento em que, era pelo momento em que, se lembra?

Querem a vitória e nós também a queremos e quisera eu, hoje, querer a vitória que Seu Manoelzinho queria, a da dona Graça, a da cachorra, restos de tucunaré e uma espinha pra mascar embaixo da rede, não estou confundindo satisfação com vitória, veja bem, toda vitória traz satisfação e toda pequena satisfação é uma vitória miúda contra a crueza da necessidade; erguemos barricadas: são notas de papel, um cargo, alguém que caiba nos quereres, barricadas, há que se colocar o pé onde ele nunca esteve ou fincar o pé no espaço fictício do pra sempre, o que eles querem é derrubar a gente, Dona Graça, porque a gente não veio aqui à toa não, a gente veio defender vocês dessa miséria e da ditadura, esta vai ser a primeira zona liberta, e depois vamos descer e fazer a revolução, vai ter terra pra todo mundo, Dona Graça, a gente pode contar com você e o Seu Antonio?

Uso as tiras do chinelo ao contrário como faz Zé, mas ele não tem planta nos pés, tem couro, cinco minutos andando e já estou lascado, volto às botinas. Quando me abaixo para fazer a amarração ensinada por meu avô, ouço os tiros, ganho a tangente da mata, cada um pra um lado pra não facilitar a perseguição, a cachorra me vai adiante nos passos, late a desgraçada, encontro uma árvore mais gorda pra esconder a mim e a barriguda, ela aponta o focinho pro ar e desço as costas rentes ao tronco craquelado, voltam ao meu corpo todas as pancadas, o sangue coagulado há anos numa cela quatro por quatro, tenho novamente os ferimentos abertos, me dói o baço, proteja o baço, não deixe que atinjam o seu baço, a cachorra me lambe as erosões abertas, elas desabrocham como flores do campo, à minha frente está Trotski e o coronel do qual gostaria de lembrar o nome.

Não há nome. Algumas situações jamais alcançarão um nome. Ficamos esperando Trotski a noite inteira, veio o sol pela fresta e nada, o pão murcho e o café aguado, veio o guarda, abriu a cela, levanta que o coronel quer falar com você, o médico diz proteja o baço, eu poderia alongar o corredor em quinze páginas para jamais chegar, mas chego porque assim me obrigam as palavras, posso escolher as mais longas possíveis, usar inconstitucionalissimamente, uma das maiores na língua portuguesa, mas ela, como o leitor vê, também já foi, posso repeti-la novamente, inconstitucionalissimamente, posso jogar entre mim e o corredor da cadeia um neologismo, não, fugirei em direção às palavras repetidas por meu pai, você sabe que um animal está doente pelo cheiro, mas o guarda me empurra para o corredor estreito, abre uma porta de ferro e não há como voltar.

Dentro, Trotski. A boca aberta de Trotski, posso escapar por ali, descer sua goela e me evadir, ou usar as palavras para contarem dele e não de mim, ou descrever as paredes úmidas e o coronel sentado numa cadeira de balanço enquanto o encarregado joga um balde d'água no chão para lavar o que ainda está por vir, o que foi, o que não sendo foi, o que sendo não foi porque nunca ninguém soube de fato a não ser que tenha estado ali, é hoje que você vai me contar mais sobre os seus companheirinhos de merda ou eu já posso começar a brincadeira?

Eu gostaria de falar da dor, eu realmente gostaria, mas usar as pancadas, a Zaqueia, os membros fragmentados, a revolta do corpo, tudo isso é perda de tempo, pois o corpo não reside no corpo. O coronel lixa as unhas e sinto vontade de falar pra ele que isso é coisa de viado, a brincadeira começa, a barriga abaulada da cachorra corre em meio às árvores, o soldado me alcança, tenho uma ponto vinte apontada para a têmpora, a cachorra volta, chispa!, chispa!, ela se posta ao meu lado, um major com nome de pássaro me amarra à árvore, vai me falar onde estão seus companheirinhos de merda ou eu posso começar a brincadeira?

Inconstitucionalissimamente-inconstitucionalissimamente--inconstitucionalissimamente-inconstitucionalissimamente.

É noite e os soldados descansam, forço os punhos, a cachorra abana o rabo, se agita, morde a corda, um soldado dorme abraçado na carabina, levo a mão à boca para sinalizar à barriguda que não lata, ela me segue calma, qualquer estalo no chão nos próximos dez metros pode significar a volta ao corredor e à porta estreita de ferro, qualquer estalo nos próximos dez metros pode significar a máquina de escrever se estatelando no chão naquele protesto.

Trotski está desacordado. Afago a barriga abaulada em que crescem um, dois, três cachorrinhos? Jogam um, dois, três baldes d'água nele e nada, na corrente elétrica dançam meus braços e pernas, nesse rio das sêdes não haveria som que pudesse ouvir a Iara, dou as mãos às minhas irmãs, Lina, Letícia, mãe!, meu corpo diminui e só aumentará de tamanho quando a respiração estourar.

Eu quero subir, preciso subir, o coronel me afoga novamente na tina e, ah, essa neblina, que frio, cavalinho, que frio, na tina grande dá pra pensar e não precisa tapar o nariz, agora a gente vai abrir o olho bem devagar, olha o gato, cavalinho!, aqui é a casa dele?, oi, gato, vem falar comigo, eu sou seu amigo. O gato não é gato, na cara dele um bico de galinha. Meu pai diz que é pra eu não chorar, não chora, não chora, não chora, mas aqui na água ele nunca vai saber.

* * *

Apenas Pedro Naves e a cachorra fendendo a mata os olhos assustadiços. Os passos vacilam entre uma árvore e outra, as cicatrizes nas copas demarcam o caminho, mas a cachorra não faz caso do que quase ocorreu, o rabo abanando mostra que ela confere duração certa à memória, nem lembrar demais que o passado cresça e impeça o prosseguir, nem de menos que distraia de um perigo próximo. Ela espicha o focinho no ar, dá voltas, aponta o focinho pro chão e late baixo. Pedro Naves acha o pau de vinhático em que fez guarda, abaixa, entra no oco e chama a cachorra, agora você pode descansar, Anahí, ela deita ao meu lado, me lambe as mãos e adormecemos.

* * *

Justina era repositório do estranho. A cara da infância, a mostrar a máscara incorreta do que sentia, foi apenas o início. Depois sucedeu que começasse a ouvir e a falar como se sempre o tivesse podido fazer. Desceu a pedra, passou na casa dos pais já velhos e disse à mãe que vinha buscar a caixa que ela e o pai haviam construído para ela: dê-me a caixa onde fui enterrada depois do meu parto.

Para Justina, era muito claro o que dizia, portanto não entendeu o cenho franzido da mãe, o olhar combalido do pai sentado à mesa, o susto do irmão mais velho ao entrar pela porta e dar com ela depois de muitos anos e só ouvir falar nela como a louca da pedra, a amante do sábio, a profetiza da lua, essas e outras alcunhas que o povo expunha ou escondia dependendo do humor. Dê-me a caixa onde fui enterrada depois do parto.

A bruxa, falavam, havia feito um pacto com Melquisedeque, o fundador de Ordem e progresso, para que ele lhe devolvesse o ouvido e a voz. Ninguém sabia o que poderia ter dado a ele em troca, pois não possuía nem ouro nem plantações nem animais, apenas duas mudas de roupas brancas. Um forasteiro vindo de longe, de passagem, soprou na praça que Justina havia vendido a alma a Melquisedeque.

É engraçado como os clichês dizem tanto dos que passam fino por aqui e nascem e crescem e envelhecem e morrem achando que a alma de um ser fatídico como o homem possa valer como moeda de troca. Essa alma da qual muitos sequer têm notícia, sendo a única certeza (se ela houver) a de que habita um corpo que fede e vem à faina para se decompor não muito depois de chegar.

Qualquer idiota passado ao lado de lá – existindo o lado de lá e existindo também a alma – teria já a sua como veículo para vagar, não havendo utilidade em adquirir a de Justina, mas ninguém pensa em quão pequeno é porque, existindo, acrescenta naturalmente à própria medida; alguns o gado, a terra, ou um rebanho de gente embaixo de uma construção triangular; no caso de Justina, eu acrescentaria que tinha ela apenas a pedra e que Melquisedeque nunca teve nada a ver com a volta da sua voz.

Dê-me a caixa onde fui enterrada depois do parto, disse Justina à mãe. Não havia no tom de Justina a modulação, às vezes ela abria a boca e usava o ar e os dentes, mas a língua recusava-se a mover. Em outras, a boca recusava-se a abrir. Ainda assim, quando resolviam combinar-se boca, dentes e ar, saindo dali um som compreensível, as sílabas vinham na ordem trocada, de forma que em vez de enterrada ela dizia cairrada ou xairrada e, quando queria dizer caixa, dizia entecai ou texada. Para os habitantes de Ordem e progresso, Justina voltara a falar na língua da desordem, o sábio deve ter ensinado a ela, não, foi punição de Melquisedeque, não, foi o pai que fornicou com uma cabra que na verdade era o demônio.

Como Justina conseguiu de volta a caixa não convém esclarecer, o fato é que conseguiu. Chegando em cima da pedra, abriu-a e desenrolou um papelzinho onde estavam escritas todas as suas qualidades e defeitos e para o que dava e o que não dava. Embaixo, a assinatura garranchuda dos pais, Alípio e

Fátima, e como era pouco o texto, Justina deitou o papel de lado e notou, enrolado num veludo azul, outro papel. Nele se lia o nome de Pedro Justiniano Coriolano Naves.

À essa época, Pedro ia e vinha da mata menos acautelado, os soldados haviam encerrado a primeira campanha contra os companheiros, o que era prenúncio de vitória, de forma que chegava a hora de espalhar aos quatro ventos ao que de fato tinham vindo. Primeiro foram às casas. Depois, na sombra das castanheiras, Lucas escreveu o que haveria de ser mimeografado na cidade, trazido ao Berocan e distribuído cima a baixo pelos cantos por onde tinham passado.

* * *

25 de maio de 1972
Comunicado nº. 1 das Forças Guerrilheiras do Berocan

Aos posseiros, trabalhadores do campo e a todas as pessoas progressistas. Ao povo:
    No passado mês de abril, tropas do exército, em operações conjuntas com a aeronáutica, marinha e polícia militar atacaram de surpresa moradores das margens do rio e de diversas localidades, prendendo e espancando, queimando casas, destruindo depósitos de arroz, danificando plantações. Esse traiçoeiro ato de violência, praticado contra honestos trabalhadores do campo, é mais um dos inúmeros crimes que a ditadura militar vem cometendo em todo

o país contra camponeses, operários, estudantes, democratas e patriotas.

Desse modo, surgiu a União Pela Liberdade e Pelos Direitos do Povo (ULDP), onde podem ingressar os moradores da região e de outros estados, muitos dos quais vêm tendo suas terras roubadas por gananciosos grileiros, e são perseguidos, presos e espancados pelos agentes da ditadura. Nela, há lugar não só para os pobres como para todos os patriotas, seja qual for sua condição social, que desejem pôr abaixo a ditadura e instaurar no país um regime verdadeiramente democrático.

Este movimento lançou um manifesto em defesa do povo pobre e pelo progresso do interior, refletindo as mais profundas aspirações populares por uma vida digna e feliz. No documento, estão incluídas as reivindicações mais sentidas da população local, que constituem o programa da ULDP, a bandeira de luta da pobreza e de todos os elementos progressistas favoráveis ao desenvolvimento efetivo das regiões atrasadas.

Por sua vez, as Forças Guerrilheiras mostram-se firmemente dispostas a combater os soldados. Na zona próxima a Santa Cruz, alguns combatentes dessas forças defrontaram-se com inimigos superiores em número, matando um, ferindo outro e dispersando os demais. As tropas do exército, depois de cometer inúmeras arbitrariedades contra moradores da região, sem revelar até agora disposição de luta nas matas, retiraram-se temporariamente das zonas onde atuam os destacamentos do povo e concentraram-se em cidades, em povoados e corrutelas. Nada valeram os grandes efetivos militares, os helicópteros e aviões, o armamento moderno das Forças Armadas do governo.

Em vasta área, os lutadores do povo, de armas nas mãos, usando a tática da guerrilha, realizaram a propaganda das ideias e do programa da ULDP entre os moradores, que os apoiam com entusiasmo e repelem as calúnias difundidas pela ditadura contra os revolucionários.

A União Pela Liberdade e Pelos Direitos do Povo e as Forças Guerrilheiras apelam para os moradores da região a fim de que engrossem a resistência à odiosa ditadura militar, aos grandes magnatas, aos grileiros e aos gringos que, no norte e nordeste do país, já se apoderaram de imensas extensões de terra e das ricas minas de ferro de Serra Norte. Conclamamos todos a se estruturar nos comitês da ULDP ou em outras formas de organização.

Não há outro caminho para o povo senão o de combater valentemente os opressores. Cada lavrador, cada posseiro, cada trabalhador de fazenda ou castanhal, cada injustiçado, cada patriota deve ajudar, de todos os modos, os que enfrentam sem temor as tropas do governo de traição nacional.

Em algum lugar da mata,
Comando das Forças Guerrilheiras do Berocan

* * *

DEPARTAMENTO DE ORDEM POLÍTICA E SOCIAL
DELEGACIA ESPECIALIZADA DE ORDEM POLÍTICA

Nome:

Pedro Justiniano Coriolano Naves

Codinome:

Lucas

Data de nascimento:

15 de fevereiro de 1946

Filiação:

Altamir Justiniano Coriolano Naves
Nilse Maria Silveira Naves

Naturalidade:

Ordem e progresso

Observações:

Ex-estudante de Letras, expulso pelo Decreto-lei 477 em março de 1968. Solteiro. Olhos e cabelos pretos. Altura não identificada. Envolvido em atividades subversivas no grêmio do Colégio Estadual Maria do Carmo, continuando tais atividades no Diretório Central de Estudantes universitário.

Detido em 8 de agosto de 1969 por roubo ao Banco Nacional e homicídio doloso qualificado. Evadido do Hospital Militar em 23 de agosto de 1969. Foragido.

Não tem foto esse aí, não? Não tem, mas tem foto da maioria, Major, o Freitas pediu pra faculdade mandar a 3x4, já deve ter chegado, mas olha o resto, a mesma cara de quem não tem o que fazer, olha esse aqui, estudou até na Tchecoslováquia, é campeão de boxe. Qual o codinome dele? Zé, e com ele a gente precisa tomar cuidado, porque, no levantamento que o pessoal fez, deu que ele tem moral com o povo, é uma das lideranças. Então a gente vai dar um trato especial nele que se tem uma coisa que eu gosto é de liderança. Mas e o velho? Já tem foto dele? Tem, tá aqui. Até que o pessoal trabalhou direitinho, né? Ah, é que pessoal de inteligência é outra coisa, a cagada foi ter entrado primeiro com os recrutas, aqueles ali não davam conta. Você cala a sua boca que a gente não está aqui pra diminuir o trabalho de quem veio antes, vai lá cobrar a foto do Freitas que eu tô indo pra Brejinho daqui a pouco, as barracas já estão armadas lá? Estão sim. Quando eu voltar não quero nenhuma ficha sem foto, ouviu? Sim, senhor Major.

Seu Antonio acompanha Potiri. A índia lembra do tio fotografado por dois irmãos brancos, a imagem mostrada à tribo e, no esteio dela, uma gripe que nem o pajé conseguiu conter. Morreu meu tio, as crianças, metade da família foi junto com aquela foto, mas se você precisar, os documentos podem ser úteis, replica Antonio, e Potiri avança a passos curtos em direção ao estande encimado por uma lona, embaixo dela o soldado anota o que lhe dizem as pessoas, seus nomes, quando nasceram, de quem são filhos, em dez dias a gente devolve as carteiras de identidade e as certidões de nascimento de vocês.

Na lona ao lado, os militares tratam dentes podres, Antonio entra na fila, mas desiste quando vê o coronel dar um peteleco no corpo da seringa prateada e, voltando pra casa, encontra Seu Manoelzinho com a enxada nas costas, você foi lá?, fui, mas desisti, rapaz o homem tirou um bicho desse tamanho aqui pra me dar picada, Deus o livre que muito tempo atrás, lá em Sertãozinho, tomei uma vacina pra teto e aquilo doeu demais. Você tá indo lá? Tô nada que desse povo aí eu quero a distância. Mas você já tem a identidade? A Potiri foi lá tirar pra ela e o filho. Não tenho e não quero ter e as minhas mulheres também não precisam disso que ninguém precisa vir do Sul pra dizer quem eu sou que isso eu já sei faz muito tempo.

O Mané que tá certo, Antonio, você e essa mania de se meter na vida dos outros, devia ouvir mais o Mané, esses soldados só fazem pergunta estranha, vieram me questionar da escola tem uns meses, quem construiu, pra que a gente fez isso e não procurou o governo, mas eles nunca quiseram saber de fazer escola aqui e a agora vêm tirar satisfação? Ah, vai pro inferno! Fiz de desentendida e fui pro terreiro ver se os encantados me falam alguma coisa, falaram que pra cima, lá na cidade, tá cheio deles também, deve ter a ver com o documento que o Lucas e o Zé estão espalhando por aí, você leu?, Esses soldados não vão aceitar esse negócio não, ontem a Luzia ouviu uns tiros lá pro lado dela, nós não têm nem mais tranquilidade pra viver, a Potiri disse que o soldado falou pra ela que a partir das seis da tarde ninguém pode sair mais de casa sem permissão, que é pra avisar pra eles se tiver de sair, vamos ter de dar partido de tudo o que a gente faz agora, faz um favor, você não vai lá entregar a pele pro Mulito?, passa na clareira e avisa o Lucas disso que ele já deve estar sabendo, mas não custa nada. Leva esse fumo aqui também.

Ô, Antonio, você carrega um rancho pra mim? A gente pode marcar pra daqui a sete dias, me traz mandioca, milho, mais fumo, agradece à Dona Graça, por favor, a gente te paga metade agora e metade quando entregar, pode ser? Seu Lucas, eu nem comentei com a Graça que ultimamente ela só me perturba a ideia, mas tá acontecendo aquela conversa estranha lá no povoado, o pessoal que tá tirando a identidade e fazendo os dentes insiste que vocês é tudo terrorista. A gente já esperava por isso, você chegou a ler o documento da ULDP? Eu leio muito mal, dei só uma olhada por cima. Então eu queria te convidar pra ficar um pouco mais, o Flávio tá passando um café e a gente vai fazer uma reunião pra falar daqueles assuntos e a sua opinião pode ser muito importante.

* * *

Um fuzil. Uma submetralhadora Royal (consertar que está ruim), espingarda 16 de dois canos, 16 de um cano, seis espingardas 20, uma espingarda 36, uma carabina 22, quatro 38. Tá correta a contagem, Lucas? Correta, Zé. A gente precisa acelerar o conserto e a fabricação, mas precisa pegar mais material com o pessoal do Ricardo. Eles deram sinal de vida? Ainda não.

Ricardo era de outro destacamento, vivia pra cima, e se o vi duas vezes foi muito. Essa semana a gente cavou uns quatro depósitos de alimentos, chegaram companheiros novos, Zé solta os dois na mata e pergunta como faz pra voltar, os caras perdidinhos, esse tipo de coisa leva tempo, mas com a corja de volta atrás da gente eles precisam se esforçar. Agora são duas horas por dia de treinamento, não é que Sara aprendeu a atirar?, o companheiro Augusto tenta achar o cipó d'água, bem na cara dele e nada...

Partimos pro imo da mata, os cipoais dão as mãos para impedir a passagem, pulamos árvores caídas e sobrepostas, as folhas escorregam embaixo dos pés de Sara e o declive a lança num igarapé onde bate água até a cintura. Apesar de ser dia, o breu-redoma nos lança à noite. Sobe a água trinta metros o tronco da palmeira babaçu, o tronco de todas as árvores, de todas as folhas, a água sobe e evapora para formar um oceano invisível a se precipitar muito longe daqui, em Ordem e progresso, esses veios no céu tantas vezes pedi que me evaporassem, o focinho de Anahí me conta que à direita vem um homem à paisana, indico que Sara prenda a respiração e se abaixe, junto com ela meus cabelos se desfazem na matéria que é agora o rio das sêdes e do sono, o caranguejo pinça o lóbulo da orelha e me recolho ao fundo da areia onde um pensamento canta.

Os pensamentos cantam nos leitos de areia e nos leitos do oceano invisível, também o pensamento do homem à paisana, atenção e medo vibram nele e em mim, saem de nossos corpos em pequenas esferas, encontram-se e passeiam pela floresta as atonias irmãs, o que teria sobrado de nós se todas as sensações e pensamentos de repente nos abandonassem?, não seríamos

humanos?, ou por isso mesmo o seríamos?, o que eu teria sido se pudesse olhá-lo apenas nos olhos e ele a mim, sem as carabinas?, não digo que descobriríamos belezas, belo e feio são apenas restrições, penso se não poderíamos descobrir...
Ele segue seu caminho, mas deixa para trás o novelo de medo e ânsia e, misturado ao meu, vão ao céu como um balão. Depois que eu e ele morrermos, a esfera continuará vagando pela mata, a se enganchar nos cipoais. Vai evaporar e compor o oceano invisível que segue sua marcha, cuja água precipitada servirá à sede dos bois de meu pai.

* * *

Antes vieram fardados, agora estão à paisana. Não temos mais notícias do destacamento C, sumiram, se perderam, morreram, são novelos, acabou a comida. Falei pra Sara ficar comigo, dei a mão a ela, estávamos de mãos dadas quando os helicópteros cortaram a clareira com as bombas, queima!, queima!, como transformar isso em metáfora? Como diluir a concretude na tentativa de enxergar enfim o que nos passa o que nos grassa pela escrita-engano-erro, pego emprestado Kafka:
"Ah, disse o rato, o mundo torna-se a cada dia mais estreito. A princípio era tão vasto que me dava medo, eu continuava correndo e me sentia feliz com o fato de que finalmente via à distância, à direita e à esquerda, as paredes, mas essas longas paredes convergem tão depressa uma para a outra, que já estou no último quarto e lá no canto fica a ratoeira para a qual eu corro.

'Você só precisa mudar de direção', disse o gato. E devorou-o."

Só se deve beber a água que o porco do mato bebe, usar a trilha que usa, comer a fruta que come. É normal ser atingido e não sentir nada por causa da adrenalina. Eles me cercam, eu sei que me cercam, três dias que já me perdi, onde está Zé?, onde está Sara?, os igarapés com água potável estão tomados, só vinte chances no meu cartucho, passo na Dona Graça. Meu Deus, é você, Lucas? Cercaram tudo, some daqui, levaram Antonio pra um buraco, ele e todo mundo que já ajudou vocês, tá todo mundo apanhando, amanhã eu queimo aqui que é ordem deles e vou embora. E os animais? Você me consegue uma farinha, uma carne? Levaram tudo, mataram os bichos todos que é pra vocês não ter nada pra comer, você não viu a roça derrubada? Então me dá pelo menos uma água. A Nilse passou por aqui?

Ó só, Major, essa aqui se faz de corajosa e não tem nem carne, olha a bundinha magra. É com essa bundinha magra que você pretendia combater?

Atrás da samaúma, vou ficar aqui atrás pelo menos um tempo, o vô Sebastião se me visse sem botina capaz que desse um tiro na minha cara pra acabar logo com essa premonição que é meu pé, proteja seus pés, proteja o baço, se você ferir seus pés na mata não consegue andar, a morte chega de um jeito mais simples do que você imagina, nem sempre é tiro, drama, a morte na mata é não conseguir andar, é terçã maligna, quanto devo estar pesando?, 50 quilos?, a 38 enferrujou na umidade, a ponto 20 funciona, se eu encontrasse os companheiros, se pelo menos!, estava lembrando de como faz pouco tempo eu e o Zé visitamos umas cinquenta famílias, abrimos a que tínhamos vindo, falamos da ULDP, mas pro nosso destacamento veio um rapaz de 17 anos, o pai foi torturado pelos milicos, pelo menos conhece a região, mas atira mal.

Na mata, o peso da carabina, a chaga na mão de meu avô. Entendo o porquê, meu Deus, não é porque ele havia matado índios, fodam-se os índios, os índios também matam, jogam crianças defeituosas fora, e os camponeses só querem comer, entendeu? A revolução é um prato de mandioca e ninguém pode redimir ou salvar esse país de merda, não somos bons, nenhum de nós, brancos, índios, negros, mulatos, somos todos pecadores, indefensáveis, olha a lama, Sara, olha a lama em que nos metemos, olha o povo, olha a lama, onde está o povo? Cadê a merda do povo? Não foi por eles? Cadê você, Sara?

Preciso caminhar pelo menos uns trinta metros, só trinta, só até escurecer, aí eu descanso. Logo menos eu cruzo com alguém.

Se estiver em cima de uma serra, siga uma pequena grota ou vertente criada pela erosão. Siga e ela vai cair no rio, daí você vê que rio é. Todo rio, grande ou pequeno, é habitado seja em cima, seja embaixo. Se não for, preste atenção aos animais, pelo tipo do animal dá pra saber a região em que se está. Onde você está, Sara?

* * *

Tanta água e sinto sede, já não acho o cipó d'água, não há menos deles, mas não os encontro por tê-los visto demais antes da hora, ouço palavras em meu palato e em meus pés elas se lavam e pelos rios correm, se eu pudesse subir a cabeceira do rio encontraria na extremidade alguém que me oferecesse uma cacimba, perto da foz há sempre as gentes, houveram, sumiram, e as palavras que poderiam me dizer sobre como está quente hoje e logo a chuva faz melhorar continuam a serem ditas apesar da falta, me fazem companhia as palavras que eu gostaria de ouvir, até o ponto em que não mais, quando eu tinha o que comer ouvia-as todas, agora só me chegam as sílabas, mas na ordem errada.

Uma orquídea azul enfeita o tronco da samaúma e dizemos, nem eu nem ela, nós, nem nós, o que então?, quem conta?, a pretensão está sempre em primeira pessoa; e a segunda seria o quê?, uma utopia?; e a terceira pessoa? uma primeira pessoa disfarçada, e qual seria então o foco ideal para contar?, solte a palavra.

dese lesde contrõen veztal tovis maisde tesna raho lapato ori golo tonpo doquan.

Ah, que bobo... continua sem chegar a algum lugar.

Que lugar há pra se chegar se sou também a sede e a orquídea e a cacimba e as gentes e chegar era o que eu pretendia quando aqui coloquei os pés no Berocan, esse nome, e coloquei meu nome sobre o nome do Berocan para fazermos juntos a revolução, outro nome, outra finalidade, mas atrás dos fins sou, na maioria do tempo, a sede e a fome, não as tenho, não são minhas, lembro do capítulo que ainda escreverei sobre meu encontro com o soldado, fomos esvaziados, evaporaram de nós os pensamentos e seguiram juntos, o céu desse lugar um oceano de acúmulos.

Onde começa uma gota d'água e termina outra? Como separar todas as águas? Eu sou a sede, o soldado que me persegue também, eu sou a raiva e a cacimba e a arara, é preciso depor as sílabas. Libertar as sílabas. Libertar os sentimentos da posse de quem os tem, pois se os tivemos todos, não os tivemos ninguém: os fomos. Temporariamente. Todas as sedes passaram de um para outro, tempo e sede são sinônimos, não são os homens que têm a sede, ela que passa e possui os homens, somos corredores, uma coleção de estados a passar de homem a homem, esvazie as sílabas, as palavras, esvazie a representação da sede e deixe-a passar por você nas artérias invisíveis. Há no fundo do oceano animais que você poderá ser, senão hoje, ontem.

Encontra o cipó d'água, o cipó d'água o encontra, o verbo encontrar os encontra a ele e o cipó – ou os cipoa d'água a sede, tudo isso a experiência, as, a floresta, as, esteve estiveram estivemos todos os mantos possíveis, e a água o bebe e junta-se às outras águas do corpo dele a floresta.

* * *

Anahí, a quem você pertenceu antes de me eleger?, antes de me deitar esses olhos acastanhados e o focinho voraz nas folhas a acreditar que encontrará o que comer?, você tem emagrecido, meu bem, o pelo caramelo tão bonito refletia o brilho do sol quando podíamos sentar na beira do rio e nos aquecermos, agora caem pela mata em tufos e mais tufos a te desfazer. Anda mais um pouco, se você não pode eu te carrego, ultimamente é difícil, quanto mais magra você fica, mais me pesa esse peso-pena ossos pele enrugada e nos seus olhos um quase, um entre-aqui-ali me leva adiante, seu pequeno corpo em meus braços, seus filhotes a secar na barriga, eu os afago, peço que aguentem mais um pouco, agora que somos eu você e eles três, eu sei, são três, dizem que nós, animais, tiramos da própria carne para alimentar os nossos filhos, peço aos seus que exijam o suficiente, não tanto que você suma o sangue a doar tudo o que há para eles. Ah, Anahí, não me deixe, agora que me sangram a testa e os punhos e o peito dos pés, começaram a sangrar ontem, você vê essas marcas?, são as que meu avô disse que eu devia ver nas pedras pro caminho de Martírios, não feche os olhos, Anahí, recuse-se, eu te chamo por um nome de alguém que muito tempo atrás me soube antes que o mundo, que as dores e as fomes, uma menina de treze anos no corpo, os olhos eram acabados de nascer, como os seus, os dos seus, mesmo fraca, mesmo magra, mesmo ah-lém-do-ah-lém a sua pele a me aquecer, veja ali, meu bem, são os olhos de Pranteiro a nos convidar, vou me lembrar com saudade de quando você dormia no meu peito e agradecer o dia em que desisti de te afastar, aproximo o meu focinho do seu e entro n'água, seus olhos secos se abrem um momento, ah, querida, eu tentei, e dentro de mim se agitam todas as lágrimas que um dia estiveram na fronteira e não puderam sair, e não sei mais se sou eu ou Pranteiro essa tristeza, eu fecho os olhos e estendo meus braços para que a cachoeira te receba, a você e aos seus filhos: Lina, Letícia e Ernesto, posso chamá-los assim?

* * *

Quando Justina fez sete anos de idade, ouviu do sábio da pedra que fosse ao rio e procurasse nos arredores uma samaúma enfeitada no tronco por uma orquídea azul. A menina foi no mesmo dia em que Pedro Naves esteve lá com Ernesto e, enquanto ela passava a ponta dos dedos na pele da flor, Pedro não pôde vê-la, ocupado em pensar como o irmão se parecia com ele.

    A cada toque de Justina na pele da flor surgiam outras flores pelo tronco. A primeira apareceu em broto, ínfima, e, longe dos olhos humanos, dobrava-se em saias e saias azuis plissadas pra dentro, escondidas uma das outras. A segunda flor apareceu um logo depois e, após o mesmo tempo, a terceira, e multiplicaram-se as flores de forma que a história continua e ainda hoje persistem nessa dobrança, não várias, mas a mesma flor como sabia o velho sábio a observar de cima da pedra o oceano azul em que se transformava o redor da samaúma.

    A mesma flor decalcada em todo seu tempo de vida, exposta nas menores frações de medida, em todas as suas mudanças, estados, e quando Justina para de tocá-la, viram borboletas e vão até Pedro Naves, e ele cai no túnel e, do outro lado, a história continua: Pedro acaba de nascer, seu pai, sua mãe, suas irmãs, seu avô, Sara, Seu Altino, Zé e Lauro, todos que passam por sua vida nascem ao mesmo tempo e depois ressurgem ah--lém do que eram antes. A floresta está repleta de recém-nascidos e mortos. Os soldados marcham seus primeiros choros e suas primeiras masturbações.

    Pedro Naves, cadeia de elos. Acima das nuvens, em embrião, ele desce e se enraíza no BerocanOrdemEprogresso. Manifesta os pés acima da terra. Dão-se as mãos os Pedros, os que foram e os que viriam porque são e, andantes na floresta, caminham em busca dos companheiros, Zé, Sara, aos dois anos de idade, aos quatro, quantos anos tínhamos quando nos encontramos pela última vez? Quais perguntas seus vivos me fizeram?

Temos em nós todas as idades e isso faz com que nos desencontremos. Onde estão os companheiros? Somos 69, éramos, seremos, e multiplicados?, precisávamos ser ainda mais. Um soldado se esconde atrás da samaúma, ele e seus elos, nossos pensamentos mais numerosos do que todos os segundos que somos, cada sim e não, eu acho e eu não acho, cada pensamento-rastro sobre o mundo densificando o que vivemos sem saber: embotamento por não cumprir a que viemos.

O soldado não é a palavra nem o que pensa. Não sou a palavra nem o que penso, eu Pedro Justiniano Coriolano Naves. Eu é uma tentativa, meu caro... Eu é tentativa fraca, melodia de fuga que dura em média oitenta anos, e se eu disser que o soldado matou a si mesmo em embrião e não sabe? Que a morte dele é seu nascimento e a sua morte o nascimento dele? Que juntos vocês vivem e morrem nesses pensamentos que sobem e distraem, quando seria preciso morrer em sonho e em ficção as nossas iniquidades, olhar para o fosso e dizer: a lama é nosso sangue comum, como daqui sairemos?

* * *

Rasga-se a floresta em diástase, em perecidos e insepultos dias roubados. Berocan *big bang* ao contrário, 1974, 1973, 1972, basta limpar os rastros e nem se terá notícias disso, o general diz. Se assim fosse possível, teriam de apagar também as pedras e as gotas de água escorridas do queixo do companheiro Lauro, quando em concha a mão à boca satisfez a sede vertendo o excesso de líquido entre os dedos, a gota foi mas ainda existe, tendo tocado o Lauro também o é; e o fogo que espraiamos antes do plantio do milho, sua fumaça insinuou-se ao céu, na natureza nada se perde e nada se cria, o Berocan apenas transpôs-se, parte da mata, a sede de Lauro, a saudade dos antigos, os corpos jogados de cima dos helicópteros plantados no pico da serra das aves; basta limpar os rastros e nem se terá notícias disso.

Quem não terá?, o encantado me perguntou – e me falaram as árvores marcadas pelo canivete de quem se perdeu, os cipós sobre os quais os companheiros dormiram, os igarapés onde beberam e as cascas das castanhas das quais se serviram, a mandioca enterrada a poucos metros dos pés e se Rosa soubesse onde não teria chegado a pesar quarenta quilos, indo espreitar as casas queimadas pela polícia nos povoados, casas de gentes simples, comuns; queimem e nem se terá notícias disso; as gentes levadas a um buraco sem cobertura, sem comida ou bebida dias a fio, fale onde estão os subversivos, moço, que é subversivo?

Os choques, afogamento nos rios, um corpo amarrado a uma árvore, corpo que só plantava e coberto de açúcar as formigas de fogo lhe sobem e o fazem confessar, ele confessa ou não confessa esse corpo que vive e não vive, esse corpo-muitos, em 1972 tudo isso; queimem, apaguem os documentos e nem se terá notícias disso; há uma brecha quando um recruta de dezoito anos chora à noite pedindo a Deus que o proteja, essa lágrima a tudo rege, é por ela que os encantados entram e por eles todas as árvores cortadas pelos canivetes falam, as águas das bocas e as raízes, as casas erguidas em mutirão pelos companheiros falam, os partos vêm contar como foram feitos pela Rosa e a Firmina, todos os encantados e matérias reúnem-se no fim de 1974, quando tudo o que aconteceu, difuso e espalhado, pareceu nunca ter existido nos registros, mas os encantados olham de cima a rede fina do véu atmosférico e o rasgam.

É quatro da tarde a árvore. Escurecem os jaós, as onças pintadas. Vê o rio, a mata, a terra, vê o rastro e a emboscada, vê. Eles veem. O veneno da coral se agita dentro dela, é dentro e fora, dentro da cobra e fora dela, no corpo do caititu que está morto no solo, circulando, saiu da cobra e agora é caititu, mesmo bicho morto serve pra hospedeiro do veneno da cobra. Cinco dias atrás já estava morto o caititu, a cobra picou seu dorso ou foi o dorso que voou até a boca da cobra, trazendo o veneno para si, o veneno que se dilui na terra, a terra que vê agora.

A terra vê e não faz nada, o rio continua a correr os faróis da onça pintada. Tlec, tlec, passos em galhos quebram embaixo dos pés, ou os pés estão embaixo e os galhos em cima e acima de tudo está a terra, não é a pedra que se apoia na terra, mas os grãos que precedem tudo, embaixo de tudo é uma infinidade de grãos, grãos e grãos, descendo para o que não se conhece, para encontrar as correntes subterrâneas onde os animais invisíveis repousam, imunes aos tiros que ecoam na escuridão.

Quatro da tarde a árvore. A árvore olha a pedra, olha a mata, olha o rio, passa a onça pintada, lamento de bicho no cio, a pedra tem raiva. A mata está cortada onde foi feita a juquira. Não foi Bené que fez a juquira, tirando os galhos que inviabilizavam a passagem, não é o homem que faz sozinho alguma coisa, suas mãos, ainda que se movam, que segurem o facão com destreza e façam chorar os galhos das matas e vertam o sangue dos animais, e tire o ouro da terra, não é a mão. O galho se insinua à mão também.

O galho toca o nariz da onça pintada, o cheiro da água corrente também vê a mão que fez a juquira empunhar a calibre 12 pela mata. A calibre 12 empunha a mão, na extremidade a terra apoia o pé, não há facho de céu que assista quando é quatro da tarde a mata. O trinado entra pelas narinas, de quem, há quem aqui?, qual a distância entre a pedra e a mata, as bordas ocultas construídas por mil olhos que se movem dentro de si? A juquira foi benfeita, os soldados avançam, quem seriam esses soldados, seus nomes, suas idades?, pouco importa, não são eles que mandam, a árvore é quatro da tarde, é cinco, é seis, é do jeito dela e da onça.

O caititu morto vira terra, a terra sustenta a pedra, esse grito encerra aquilo que nunca somos, se aproximam os soldados, a onça pintada me olha, chega perto, cheira os joelhos que são meus, não sei, podem ser dela, como o dorso do caititu foi da cobra e hoje abriga o veneno dela embaixo da terra. Queria poder dizer que tenho mãos enquanto me olha a pedra. O sol raia e eu coloco uma pequena pedra no bolso para ter a contagem dos dias, as pedras no bolso agora aparecem sem que eu as pegue, sobem ao bolso sem que eu as peça, tenho 33 pedras no bolso, não há mais fome, mas gosto do contato da língua com elas. Os soldados, quem são, quais os seus nomes? A juquira foi benfeita, mas à frente vi de relance uma roseira que não poderia estar aqui porque nessa terra não dá rosa, talvez a rosa tenha dado a terra de presente pro caititu, pra onça pintada, pro veneno da cobra.

Meu corpo encaipora. Caibo agora debaixo da pedra, enquanto os soldados cortam a mata já ceifada para passar o tempo, cortes para mover as mãos, para lhes dar o que fazer, é preciso fazer, continuam a caminhar porque é preciso, é preciso cumprir as ordens, o rio vê, a mata vê e não faz nada. A onça olha para baixo e de seu olho cai uma lágrima, não porque esteja triste, não acredito em animais tristes, nem mesmo em homens tristes, teríamos de ser grandes para sermos verdadeiramente tristes e só ficamos tristes quando nos percebemos menores do que somos.

Toda tristeza é derivada, autopranto de quem acha que está em cima da terra, que ela exerce a gravidade em si, mas e se a terra está em cima de nós e somos então pessoas invertidas?, temos a nossa cabeça como aquilo que nos vai acima do corpo quando, nesse caso, seria o topo do corpo os nossos pés, a cabeça a cloaca por onde sai o que é mais sujo e nós acreditando que a cloaca é embaixo, no cu, perto dos nossos pés, mas são os dejetos dos animais que adubam a terra, o tronco do caititu que apodrece e volta a ela junto com o veneno da cobra.

A onçapedra me vê, o rio evapora e vem me ver também, esse era o meu sonho, que tudo pudesse me ver, não é meu sonho ver o mundo, quantos dizem que sonham em ver o mundo, ou acham que têm olhos especiais para ver o mundo quando tudo que queriam é que tudo os visse, absolutamente tudo?, homens e objetos e ele ao centro, vejam, vejam, eu estou aqui. Notem a minha presença, reconheçam que ela é importante, portanto não me olhava a onça.

Não me olhava a onça, apesar de eu querer que me olhasse, ela, o rio, a cobra, a juquira, se até o caititu morto me olhasse eu poderia ser através deles, mas sou eu que olho para eles, veja bem, olho parcialmente, a árvore quatreia a tarde vê mais que todos nós, está enraizada em si e vive bem, ela vê, vê e não faz nada, os soldados avançam.

Onde está você, Sara? Será que renasceu nos olhos da onça? Se escondeu no fundo da pedra? Se enterrou no ventre claro da terra e saiu do outro lado, na samaúma que dá entrada à Ordem e progresso? Os soldados olham em volta, ou acham que olham, ver não é saber, disse meu avô Sebastião muitos anos antes, antes que soubesse que eu era o tamanho da pedra, menor que a cobra e a onça, a onça tinha ido embora e continuei com ela.

Da cela de tantos anos antes, durante um sonho com o rio, acordei sem saber onde estava. Sentindo sede, bati com o caneco na grade em busca da boa vontade do carcereiro, ele me deu um copo d'água, e dentro do copo havia todo o Berocan, e lá dentro estava Sara, e todos os meus companheiros e a árvore quatrando a tarde, e o caititu morto formando o passado.

É sempre o passado que vemos, nunca o futuro, veja bem, o futuro está atrás de nós, ao olhar para frente só podemos ver o rastro, o vivido, o vivendo, nossos pés que transpassam porteiras e escritórios, o pórtico de uma igreja quando inicia a marcha nupcial, o batente de um quarto de hospital onde ocorre um parto, os bebês que nascem não pertencem ao que vem, mas ao antes. Há antes na pedra, no rio, na onça, há antes no veneno da cobra e nos soldados que passam, do fundo do copo d'água enxergo meu avô à frente dos índios, ele tem flechas nas costas, mas pede que eu desça, junte-me ao fundo do Berocan, ao fundo, venha logo, os soldados passam por mim em direção ao ontem.

Mil e quatrocentas tribos indígenas saem de 1500 e me entram o topo da cabeça, a onçapedra, Dona Graça, seu Antonio, Zé, Sara, os encantados, o rio, todos os rios que não pôde queimar Bartolomeu Bueno, atravesso os igarapés e as serras, os cipós se abrem à frente da samaúma e lá estão meu pai e minha mãe, os dois de peito aberto têm no lugar do coração duas caixas.

Crescem as raízes no meu pé direito. Alcanço a caixa de minha mãe, toco a fronteira, não sou eu nem ela nem nós e, no entanto, somos, ouço o primeiro choro dela quando nasceu e arranco a caixa de seu peito ao que as raízes de meus pés encontram o centro da Terra, a lava sobe, queima tudo, a cinza vai pra dentro da caixa, e à esquerda meu pai greta pelas órbitas o flagelo de seus bois e seu riso aos dois anos de idade, cinza, e a cinza vai pra dentro da caixa. Nem eu nem ele nem nós.

Em minhas mãos, às duas caixas abertas acorrem todos os
encantados, as tocandiras, o fogo, o ar, a terra, a água, as 1400
tribos indígenas
    nelas, guardo o Berocan e seus animais invisíveis
    E o Berocan pulsa, corre, urra e se levanta
    e eu pulso, corro, urro e me levanto
    e levo comigo o que fui e nunca soube
    houve ouve ove ov o
    ah-lém tempo
    ah-lém tempo
    ah-lém tempo

Epílogo

Entre abril de 1972 e o início de 1975, ocorreu no Brasil o movimento mais longo de resistência à ditadura militar brasileira. Sessenta e nove integrantes do Partido Comunista do Brasil combateram dez mil militares no Bico do Papagaio, região do rio Araguaia, na divisa dos estados do Pará, Maranhão e do atual Tocantins. A maioria dos guerrilheiros era jovem, na faixa dos 20 e poucos anos. O combate se deu na mata, e a ordem foi para não deixar nenhum deles vivo.

O personagem Pedro Naves não foi inspirado em nenhum dos guerrilheiros, mas é uma homenagem a todos eles e aos camponeses que se juntaram à guerrilha.

© Anita Deak, 2020
© Editora Reformatório, 2020

editores
Marcelo Nocelli
Renan Martens

revisão
Olga de Moura Mello

projeto gráfico
Thiago Lacaz

imagem da capa
"No fundo do oceano, os animais invisíveis",
Alex Carrari, óleo sobre tela, 2019.
Foto de Nino Andrés

Dados Internacionais de
Catalogação na Publicação (CIP)

Deak, Anita (1983-)
No fundo do oceano, os animais
invisíveis / Anita Deak.
São Paulo: Reformatório, 2020. 192 p.
ISBN 978-65-88091-04-3
1. Romance brasileiro. I. Título.
CDD B869.3

Juliana Farias Motta
bibliotecária CRB7/5880

Editora Reformatório
rua Murilo Furtado 145, São Paulo SP
reformatorio.com.br